1966 年，小学毕业照

1963 年，首批少年先锋队入队后
首批队员同王春凤老师合影。左起：
安玉萍、李世荣、王老师、贺登才、
梁定生

1966 年 9 月，与定襄县合作澡堂同事张天明（右）合影

2005 年春天，看望侯富成老师。左起：贺登才、侯老师夫人、张玉明、侯老师、刘效贤

1973年秋，在农村参加平田整地劳动。左起正面：民兵营长张灯来、贺登才、郑仁亮（时任党支部书记）

1976年，与县木材公司工友合影。
左起：贺登才、梁泽民、王国柱

我们曾在一起 82.6.24.

1982 年 6 月，定襄县木材公司同事合影

1996 年春节，全家福

1980 年，东关老宅夫妇合影

1986 年，忻州木材公司集
体宿舍前夫妇合影

2024 年 12 月，我的办公室门前夫妇合影留念

2013 年，我的小家庭

2024 年 12 月，金婚纪念与亲友合影

定襄城内学校四十三班同学毕业五十五周年联谊会合影

2021年7月，小学毕业55周年师生留影。王春凤老师（右五）、李素玉老师（右四），左五为作者

耕耘三部曲

忆

贺登才
——
著

中国财富出版社有限公司

图书在版编目（CIP）数据

　　耕耘三部曲．忆／贺登才著．--北京：中国财富出版社有限公司，2025.5（2025.7重印）．

ISBN 978-7-5047-8420-9

　　Ⅰ．I217.2

　　中国国家版本馆 CIP 数据核字第 2025S7X426 号

策划编辑	朱亚宁	**责任编辑**	王　君	**版权编辑**	武　玥
责任印制	尚立业	**责任校对**	庞冰心	**责任发行**	杨恩磊

出版发行	中国财富出版社有限公司		
社　　址	北京市丰台区南四环西路 188 号 5 区 20 楼	**邮政编码**	100070
电　　话	010－52227588 转 2098（发行部）		010－52227588 转 321（总编室）
	010－52227566（24 小时读者服务）		010－52227588 转 305（质检部）
网　　址	http：//www.cfpress.com.cn	**排　　版**	宝蕾元
经　　销	新华书店	**印　　刷**	宝蕾元仁浩（天津）印刷有限公司
书　　号	ISBN 978-7-5047-8420-9/I・0385		
开　　本	787mm×1092mm　1/16	**版　　次**	2025 年 5 月第 1 版
印　　张	33.5　彩插　1.5	**印　　次**	2025 年 7 月第 3 次印刷
字　　数	517 千字	**定　　价**	168.00 元（全 3 册）

前　言

在我 58 年的职业生涯中，从工作地域来说，主要分为山西省内（县、地、省）和北京市两个大的阶段。在北京工作了 26 年，我用《物流三部曲》做了小结，仍感意犹未尽。于是，着手对前 32 年间的文稿和经历进行搜集整理，选取那些尚能追忆、可寻觅且具价值的精华部分，编入《耕耘三部曲》，作为对自己职业生涯的全面回顾与总结。

《耕耘三部曲》分为《忆》《文》《诗》。其中，《忆》采取自传体笔法，记录了我对早年经历的回忆。因年代久远且资料缺失，所选人与事难免存在遗漏和错讹，但基本上反映了我的工作轨迹和成长历程。《文》主要收集了我在生产队及县、地（市）、省工作期间发表在各类媒体上的文章。我自幼喜爱创作打油诗，但多数没有留存下来，《诗》中收录的是 2016 年以来能够寻觅到的精华部分。这些诗在字数、押韵方面尚可，但在绝句、律诗等传统诗歌基本格式的遵循上存在明显不足，仅能被视作"顺口溜"罢了。

两个"三部曲"得以顺利出版，首先要感谢这个伟大的时代，为所有人提供了施展才华的舞台和交流心得的机会；感谢在我工作过的各个地方、不同阶段，以不同方式给予我关心、帮助与激励的人们，我每一次的成长与进步，都离不开众人的帮扶；还要感谢为本书收集资料的同事，以及中国财富出版社的领导和编辑团队。他们一次次与我沟通交流，不厌其烦地核实细节、润色文字，才使稿子得以成书面世。

　　把接近一个甲子的职业生涯全面准确地展示出来，绝非易事。由于年代久远，许多资料已然遗失，加之个人能力及精力的限制，书中难免存在错漏与疏忽之处。在此，恳请读到本书的读者朋友批评指正。

2025 年 4 月

序

　　作为《耕耘三部曲》的第一部，《忆》所收录的文章承载着我对家乡的眷恋，记载了家乡情、家乡人、家乡事和家乡学。其中，《魂牵梦绕定襄城》《闻到了家乡的"豆糁糁"味》《酥梨香　忻州情》等篇章，生动展现了我对家乡的深厚情感。《感念　感恩　感谢》《〈兰台村掌故〉前言》抒发了我对祖先与祖籍的追思之情。《兰台笼箩》描述了我的父辈曾经从事的行业之变迁。《风雨同舟50年》是对我与夫人50年金婚的深情回顾。

　　家乡情源于家乡人。我怀念我的父亲、母亲以及我们的大家庭，追思我在农村劳作时结识的"忘年交"，还有县里的文化人、省里的老领导。我的每一步成长，都离不开家乡人的扶持。

　　在"家乡事"部分，我回忆了自己在村、县、地（市）、省一路拼搏奋斗的足迹，力争对每一个地方都有描述。其中包括《合作澡堂与定襄洗浴业》《刻骨铭心城内村》《半工半读县木材》《一路小跑忻州城》《夜以继日物资厅》等文章，还有为我弟代写的政协提案。

　　我在家乡主要有两段学习经历：一是小学六年，二是电大不脱产三年。《从"黄土地"到"皇城根儿"》《助跑》记述了我的学习成长经历；《师恩难忘》是我对小学和电大期间老师教诲的怀念；《学习方法是关键》《电大精神最难忘》是我上电大期间的切身体会。

　　我生于家乡的土地，家乡的土地养育了我，我深深地爱着我的家乡。

目　录

家乡情

家乡人

家乡事

家乡学

家乡情

魂牵梦绕定襄城

（二〇〇七年二月十日）

我生于定襄县城，长于定襄县城。县城的城墙、街道、店铺，以至于许多人和事，都给我留下了挥之不去的记忆。

火车站是定襄的"门户"，位于县城南郊，出站口正对着进城方向。车站小广场的西面是"北仓库"，东面有"郝六店房"，后来开了一家"国营车站饭店"。20世纪70年代中期，我在县木材公司做搬运工，常和工友们在这里买上两碗"素面"打打"牙祭"。掌勺的师傅是南关的刘喜栋，看见木材公司的伙计们来吃饭，不仅多盛一些面条，还加上一勺"汤油"。即使在今天，"素面"的味道依然回味无穷。

从车站进入县城，要经过"忻阜"公路（西起忻州、东达河北省阜平县）。横穿公路是为忻定大渠而设的桥，南桥坡陡而短，北桥坡长且缓。20世纪60年代末期，十几岁的我和大人们一样，拉着几百斤重的小平车给城里的饭店送煤。双手磨起了血泡，汗水浸透了衣衫，大桥坡似乎永远没有尽头。偶尔有好心人推上一把，才感觉长长的桥坡缩短了许多。

站在大桥坡顶北望，映入眼帘的是"跃进门"，旁边有"三眼井"。"跃进门"其实不是"门"，只有一边一大一小共四个砖柱子，上面有拱形的铁架子，悬挂着"跃进门"三个字。这道"门"是城与郊的分界线，也可以看作县城的"南大门"。进得"门"来，通过弯曲、狭窄、泥泞的龙虎街，到今"富豪大厦"的位置就是南城墙。

南城墙的走向，西起今印刷厂，东到今县委老领导宿舍。我看到的城墙，已经没有城砖，只是高高的土墙露出参差不齐的残砖碎瓦。在今十字街交汇处开出一个"豁口"，"新开路"大概由此得名。南城墙一线，地势低洼，即是"城壕"的所在处。最西边曾设过交易市场，农副产品的交易在这里时断时续，大牲畜交易历时最久。东面路南，陆续盖起了"综合商店""蔬菜公司"和"工交局"等公家的单位。现在，这里已变成通衢大道，完全看不到旧时模样。

城墙"豁口"也就是"新开路"口，竖过两块挺大的标语牌，记忆最深的是上面写过"建设社会主义实验县"。"新开路"东面是"手工业产品推销经理部"，西面是"长拦柜"。从南面进入拦柜，副食店、百货店和布匹店连在一起，一直能走到西门街的东口。这里的东西大都凭票供应，除了粮票和布票，还有醋号、火柴号、工业品券等。"长拦柜"里有个玩耍弄笑的"大后生"齐富仁，只因常到澡堂里洗澡，我与他相识，通过他可以"走后门"。

出了"长拦柜"来到西门街。西门街顶头有"会仙园"饭店和照相馆，照相馆后来改成职工卫生所。丁字路口北面把角是药店，往西有三家门市，紧挨着一家小型冰棍加工厂。每逢夏日，小伙伴们不顾炎炎烈日，沿街捡拾冰棍棒子，100根冰棍棒子能换一根冰棍。再往西有工商联，后来成为县里的电影放映队，不时有电影上映。小伙伴们经常守在门口，等着"放人"。当我们一拥而入，多数已接近尾声，有好多次，只看到"再见"两字。有一年的"六一"儿童节，小学校的校长把我抱到桌子上，要我向全场发表"演说"。

西门街的尽头是合作澡堂。1966年8月25日，时年13岁的我在这里参加了"工作"。在断断续续3年多的时间里，过早地品尝了世事的艰辛，学到了学校里不曾学到的知识和道理，也得到了不少善良人的关照。出澡堂往西，没有几步就是"西门"，我看到的"西门"，已不能称为"门"了，只有断壁残垣。西城墙的走向，南在今印刷厂处，北至色织厂厂区，外面也是一道城壕，澡堂的废水就从城壕流过。每到休工，我愿意到西关去玩耍，这里有我的同学也是同事张天明、张天龙兄弟，有我的同桌王占彪。水草丰盛的"碱滩儿"和令人毛骨悚然的"演武厅"留下了我们的足迹。

从新开路往北，老辈人叫"傅家街"，我们小时候叫"解放街"，现在改作"城中街"。据说，"傅家街"曾有"牌楼"，但我没有印象。家父早年在县城笼箩铺学徒，在我出生前一年，家父才把家属从兰台村接到县城。最初住在街上的拦柜里，我要出生的时候，"福字巷"第一个院子里的樊喜贵老人收留了我们。之后，我家又在解放街19号张效明家长期租房居住。张效明对现代技术有些研究，我们借他的"光"，在县城最早一批用上了电灯，最早接通了广播喇叭。当时他的奶奶还健在，我听她讲过许多有趣的故事。如今，他的孙子已经结婚，重孙就要出世。算起来我们家与张家已是历经五六代的"世交"。他家长子"玉生"比我大两岁，小时候我们形影不离。这个院子里还有张家的外甥佩生、荣生等兄弟四五个，阎三贵家的孩子秀梅、志良、志强、志坚姐弟，玉生的同学耿晋生、张鹏英等也常来。我们曾经拣来废玻璃画上图画，点上煤油灯放映自制的"幻灯"。每当听到汽车或拖拉机的声音，我们都会跑出去看稀罕。

现在的"文化广场"我们小时候叫"衙门儿"，是旧"县衙"的遗址。有一个土戏台，基座用很好的石雕垒成，演出或开会时上面搭棚子。我依稀记得志愿军回来在这里开过欢迎大会。有一年的六一儿童节，我当选主席团主席，附近学校的小学生都来开大会。李召轩副县长要我坐在正中间，还说"今天是你们的天下了"。后来，在土戏台的后面，盖起了"定襄剧场"。我在学习雷锋的大会上表演过诗歌朗诵，地点就在剧场里边。剧场的外面是广场。

后来，定襄驻军搞慰问演出，就在广场南面搭了临时舞台，演的都是

"样板戏"。再后来，才有现在广场西面的"舞台"。"舞台"上方一轮红日喷薄欲出，放射出万道金光，其造型反映了时代特征。盖舞台的时候，我们一有时间就去观看。

"衙门儿"是孩子们的"乐园"。我们在这里玩过的游戏有，滚铁环、跳囫囵、打砣、狼扑羊羊、藏猫儿、抓瓷瓷等。也是在这里，我借上玉生家的自行车学会了骑车。

"衙门儿"东面是剧团，有一小门可通往文化馆。20 世纪 60 年代初期，家父买下"聚仙楼"饭店里面的小院，我家与文化馆做了邻居。文化馆馆长叫邢继忠，人很好也很有"文化"。那时候，他家粮食不够吃，要从"黑市"上买粮，但又怕人说"给社会主义抹黑"。无奈之下，他就把钱留给我母亲，由我母亲买好后，他晚上过来带回去。文化馆在邢馆长手上动过大工程，临街修了既有民族特色又有现代气息的大门，两边分别是五大间展室。一边四块护板，写了八个大字，"移风易俗、灭资兴无"。院中修了照壁，照壁前塑了主席像，照壁上写了"毛体"："百花齐放、百家争鸣"。南面一排"厦子"，不断有图片展出。

文化馆经常有展览可看。例如，"代食品展览"，告诉人们如何用草根、树皮、树叶、玉茭棒子里面的芯代替粮食；"建国 15 周年成就展"，给我们描绘出 1980 年以至 2000 年的幸福生活；"武三秀、武银秀地下工厂展览"，列出他们搞"资本主义"的"罪证"，告诉人们"千万不要忘记阶级斗争"；"学习毛主席著作展览"等。

"文革"期间，文化馆门口是个热闹的地方，各路"左派"来这里辩论。县委有个王亮副书记，人家喊"打倒王亮"，他也喊"打倒王亮"，连批斗他的"造反派"也奈何不得。文化馆办过"红卫兵战果展览"，都是从各地搜集的古董，其中不乏珍贵文物。有的说，这是"文革"的成果，应该大力宣传；也有的说，这是宣扬"封资修"的一套，应该砸烂。两派激烈辩论，争执不下。结果有一天夜里，被付之一炬。

20 世纪 80 年代初期，县文联恢复活动，组织文学青年在文化馆进行业务培训。曾中令老师十分热心，请来《汾水》杂志的王子硕、忻州市地区文联武承仁等老师给我们讲课。听课的有陈川亮、傅三忙、温侯、小虎子、张福根、高爱辰等，后来这些人都成了县里的文艺骨干。我也有几篇习作，经曾老师点拨在《定襄文艺》变为铅字。

从文化馆穿过，可到解放街。解放街有一处建筑不能不提，那就是百货公司。门面古色古香，有能工巧匠王会全在上面画了"周瑜打黄盖"等故事。"文革"一来，这个"四旧"首当其冲，门面被拆毁重建。后来，不知是何原因，一场大火把百货公司烧成了一堆灰。百货公司的南面是大东街。大东街南面，依次是张小忙饼子铺、城关供销社废品收购站、县委（后变为武装部）；北面有银行、邮局、医院、文教局，文教局门口有一棵老槐树。

与大东街平行的是小东街，小东街上有"文庙"，也就是现在的党校。雄伟的木质大门坐北朝南，门楣上写的是"定襄县人民委员会"。进门后是一个水池，中间有桥，汉白玉的栏杆上雕刻精美。里面东西厢房，好几座正厅可以穿过至少 3 进院落，直至最后的"七间楼"。"七间楼"做过县里的广播站，北京知青谈耀秋在那里做过编辑，我常去送稿子，请教写作问题。后来物资局在"七间楼"办公，我在这里遇到了挚友徐建国，后来我们成为电大的同学。

讲到党校，自然想起县委的通讯组。20 世纪 70 年代的通讯组兵强马壮，邢仁让、王登昌、胡守文、刘伯生、张云凯等个个都是"好手"，他们都给了我许多指导和帮助。通讯组在党校办培训班，我作为骨干通讯员前去参加。一起学习的有郑广根、薄圣亮、郭宁虎、张全义、高贵才、杜建荣等。县委宣传部的于崇良部长，还给我们发了宣传文化战线先进工作者的奖状。

"傅家街"顶头，是县城最长的一条东西街。最西边到西城墙，曾经是城内几个生产队的"大场"，紧邻城隍庙，这两处后来都被色织厂占用。再往东，也就是现在公安局的地方，被称为"书院圪台"，据说是日本人侵华时炸毁的定襄书院旧址。后来在中间立起个铁制的三脚架，我们叫"气象台"，有胆大的孩子爬到最高处的小平台上俯瞰定襄全城，风光无限。"书院圪台"的后面是北城墙。北城墙西起色织厂，东到二中，没有开设城门。我们小的时候，有人在"书院圪台"背后的城墙上掏了一个洞。

20 世纪 60 年代末期，刨石头、寻城砖在城内形成高潮，十几岁的我也不甘落后。我们这支队伍有四个人，刘补存、韩贵文和我，再加上贵文的堂叔韩未喜。天不亮就起床，穿过北城墙门洞，来到我们自己开创的"工地"。因为头几年就有人挖过，好取的城砖和石头差不多都被取走了，我们的"工作量"相当大。首先要挖开很深的沟，才有可能取出下面的城砖和石头，这些工作都不能耽误白天生产队的劳动时间。后来，家母知道了其中的危险和艰苦，多次出面阻拦，我就趁全家人熟睡中偷偷跑出去干。一个春夏秋，每人分下六七十块钱，当时真是一笔不小的收入。

从"西边"往东走，是财神庙街，我唯一的六年正规学校生活在这里度过。城关小学大门坐北朝南，有一点中西结合的味道。穿过几个由破庙构成的院落，城墙下面是一溜正房。踏上由城砖砌成的台阶，城墙上面又有一排教室。我们一、二年级就在下面最西的一间教室，三年级时搬到上面最西的一间，四、五年级又先后在破庙和新盖的教室上课。在这里我第一次读书识字、第一次在大会上讲话，第一次当"干部"，从小组长、学习委员、班长、中队长、大队委员，一直到大队长。总的来说，这六年是身心成长的六年。印象最深的老师有王春凤、侯富成、梁仁元、徐瑞芳等，学校领导有杜恩德、刘文玉、董玉瑞、李吉龙等，工友是石荣德、王师傅。那时候，正值困难时期，老师们生活非常艰苦，但他们的敬业精神和对学生的爱心使我终生难忘。

"财神庙"坐北朝南，中有水井，南有戏台，东有吕祖庙。20 世纪 70 年代城内大队在"财神庙"办公，我在这里度过了五年时光。我遇到了善良的人们，郑仁亮、齐金万、韩补才，几位长我 20 岁的忘年交想尽办法给我以保护，城内大队、东门街上的绝大多数父老乡亲利用多种方式给我以帮助，在县计委工作的贾福义伯伯为我在木材公司找了一份临时工作，才使我有了新的出路。

经财神庙，过东门街，出残留的"东门"，可以看到东城墙。东城墙北起二中操场，南到县委老领导宿舍。东城墙外地势极低，常常积水，冬天就成了孩子们的"溜冰场"。我看到的东城墙也被剥去了外面的城砖，里面的夯土还很结实。胆大者李庆隆第一个在城墙上盖起三间小屋。之后，齐润先、黄梅青夫妇，裴福康、贺喜芳夫妇等在城墙上自力更生解决自家的住房问题。

20世纪70年代初期，县革委生产组征用东城墙外的盐碱地。我当时在城内大队当会计，参与了土地征用和拉土垫地等工作。生产组的领导是武装部的郑惠民，办事人员有宋虎年、梁庆年和李应才等。这几位老同志对工作极端负责，头脑非常清楚，也没有一点私心。我们这边办手续主要是郑仁亮书记带着我去的，领导垫土的是当过贫协主任的樊根旺和我。我们领着几十个社员，在城墙上打眼放炮，用小平车把城墙土推到盐碱地里，土堆的定襄城墙就这样被一点点"夷为平地"。

"财神庙"正对着的南北大街，当时叫"工农街"。"工农街"北到城墙（原来是"死胡同"，后来才与北关打通）；南至"小南门"，是县城最东面的一条南北大街。这条街的宽度这么多年变化不大，但有些建筑已难觅其踪。"小南门"刚进城的东边刘家巷，今烟草公司的位置有"天主堂"，我们小的时候糖业烟酒公司在里边办公，教堂一派西洋景观。沿这条街往北，东面有"水圪洞"，夏天妇女们在这里洗衣服。"水圪洞"的后面是监狱，监狱后面叫"寺后头"，天黑时小孩子经过这里总有莫名的恐惧感。

"工农街"给我印象最深的是职工教育中心。这里原来是"定襄小报社"，变成职工教育中心的时候，南面两个教室，北面一排办公室。20世纪80年代初期，我在这里参加了电大业余学习，虽然时间不长，但遇到了赵涵泉、贺笑中、郄云龙等老师，以及郭千祥、梁俊和、王欣泽、阎定生、王定生、智还虎等一批同学，还听过山西大学的马作楫、杜仕铎、王政明、孙秀乾等知名老师授课。在电大学习期间，我离开家乡踏上新的人生旅途，定襄城对我 30 年的养育与磨炼成为永久的记忆。

1983 年 8 月以后，我曾在忻州云中路上"小跑"，在太原"三营盘"里"操练"，在北京"钓鱼台"旁"思考"，也曾在华盛顿白宫前留影，在东京地铁站换车，在韩国仁川机场转机。但对于这些地方来说，我都是来去匆匆的过客，只有魂牵梦绕的定襄城才是我的根，才拴得住我的心。

（原载于《定襄文史》）

兰台笼箩

（一九九五年四月二十三日）

定襄盆地盛产高粱，定襄人民世代以高粱面为食。从高粱米到高粱面，必须有一道磨制的工序，这道工序离不开箩；从高粱面到高粱食品，要有一道蒸熟的工序，这道工序离不开笼。因此，箩和笼是定襄百姓居家过日子不可或缺的手头家具。

虽然定襄笼箩消费量很大，但据说在 20 世纪以前没有坐地经营户，只有一些手工艺人在乡下"串担子"。县城首家笼箩铺为"昌兴诚"，其创始人是南兰台村的张旭昌（1879—1961）。

张旭昌小时候家里穷得叮当响，其父张全诚在丰镇一带学的笼箩手艺，之后就以"串担子"为生。张旭昌从小耳濡目染，把这门手艺熟记于心。十来岁时，他见父亲撂下个"半片子"营生出去了，就自己动手叮叮当当"成全"在一旁。其父回来一看，不禁脱口而出：这小子将来也要吃这碗饭了。

而这碗饭可不是那么好吃的。第一，你得练就"腿功"。哪一天不得爬山越岭走上几十里地。第二，你得有"嘴功"。"张箩子嘞——修笼计子"，走到哪儿吆喝到哪儿。遇见主顾，成与不成都得费上半天口舌。第三，你得有"手功"。小伙子、大老汉、老婆子、小媳妇，一群人把你一人团团围定，活像看一个耍把戏的，没有点儿手上的功夫，如何对付得了？第四，你得有"饿功"。走乡"串担子"，一不背锅、二不带灶，跟"讨吃"差不多少。如果哪天时运不济，一天到晚吃不上饭也不稀罕。第五，恐怕也是最难过的一关，你还得有"脸功"。为了生计，你那张脸就得"城墙套堡子"，不怕遭白眼。尤其是遇上那些刁钻的主儿，你就是被气得七窍生烟也不敢发作。一次，张旭昌"串担子"来到一个村上，费了好大周折才与一位老太太谈妥一桩张箩的生意。谁料，箩子张好后，说死说活老太太不肯如数付钱。张旭昌这一次真的动了肝火，拿起铲刀把张好的箩底当众撕了下来。"您老人家就是给我一座金山，我也不伺候您了！"

"俺要到城里边开铺子，吃那狗的自来食。"张旭昌21岁时（约为20世纪初），只身来到定襄县城，开起了首家笼箩铺。他租下如今城关派出所对过西小巷北门的一处院落。用他爹的一个字，他的一个字，中间嵌入一"兴"字，号为"昌兴诚"。年轻气盛的张旭昌踌躇满志，要让父亲开创的手艺在他这一辈兴盛起来。

当时的定襄城字号林立、商业繁盛，一个小小的"昌兴诚"，还是个手艺铺子，哪里能有什么地位。穷怕了的张旭昌咬紧牙关、勒紧裤带，没白天没黑夜地干活儿，诚诚实实做生意。几年下来，他的"昌兴诚"就抖起来了。

那时候，家家户户有石磨，箩的销量特别大。"昌兴诚"用的是柳木圈、丝绢底。木圈比较坚固，而丝绢底比木圈坏得快，因此修旧箩占了生意的很大一部分。"昌兴诚"坐地经营，质量可靠，又能赊欠，生意自然不少。此外，他们的产品还有"食篓"、"盒子"（均为红白喜事装食品的器具）、"帽盒"（主要是戏班子用）。张旭昌先后带过徒弟50余人，这些徒弟后来散落忻、定二县。其中，智村的郭隆昌与他搭伙时间最长。兴盛时期，"昌兴诚"有雇员10余人，其产品不仅赶赴县内各地庙会，还推销到忻州、原平、五台、代县等地。

"昌兴诚"终于在县城站稳了脚跟，张旭昌也因此发达起来，但他那"抠门儿"性格怎么也改不过来。那时候，"昌兴诚"的木圈多采自忻州城。到忻州办货，他和伙计步行一天打来回。到了中午时分，忻州掌柜再三挽留用餐，张旭昌硬是不肯，总怕耽误了时辰。出得城来，和伙计两人一人一碗面汤，打开自带的"米窝窝"吃了起来，他还一再吩咐伙计，拿手就好，不要跌了"饹糁子"。下午回到柜上，张旭昌几次拿出钱来想买碗面吃，最终又把钱放回柜中，到灶上吃点残汤剩饭权且充饥。

1938 年腊月二十七，日本侵略者把战火烧到定襄县城。"昌兴诚"的伙计闻风逃散。张旭昌与他外甥贺书治（时年 14 岁）困守孤摊。后来，甥舅二人数次搬迁。"昌兴诚"一会儿西关，一会儿南关，一会儿南兰台，后在城隍庙街落了脚。而此时的"昌兴诚"大不如前，伙计遣散，生意清淡，产量锐减，战事频繁，"昌兴诚"雄风难再。

在"昌兴诚"学徒，又在县城操持笼箩生意的唯贺书治一人。贺书治，南兰台村人，9 岁丧父，自幼家贫，12 岁（虚岁）起跟随舅父在"昌兴诚"学艺，深得其妙。他张的箩可当鼓击，他做的笼不用标号，可以"乱嵌"，他还做过戏班、杂技团的圆形道具，均受到好评。他做的产品不仅以选料精、做工细、经久耐用享誉县内，还被当地老乡带至省城、京城、满洲里、哈尔滨，还有的跨出国门被定襄籍华侨数度带往蒙古国。1952 年，贺书治脱离"昌兴诚"自立门户。1956 年公私合营，"昌兴诚"的资产 1000 余元尽皆入社。老掌柜张旭昌因年事已高，由其子张传广参与其中。后来张传广撂下笼箩手艺参与五星机械厂的创办，终于成为一名机械行业的高手。贺书治与神山村的兰晋山、兰晋超兄弟组成笼箩钉秤合作小组，隶属于手工业局综合办公室。笼箩生意以贺一人为主，兰家兄弟有时也参与。"大跃进"年代，"公共食堂"遍地开花，笼的用量激增，该组又招过三四名学徒。

这时候的服务对象以公家为主，开忻定渠的民工、定中的学生灶、驻定解放军以及各个机关厂矿，都来找小组修笼。老百姓的需求量相对减少，再加上箩底、笼圈各种材料奇缺，合作小组的业务难有大的进展。1976 年以后，贺书治及兰家兄弟二人相继退休，由他们培养的一位徒弟坚持了一段时间。20 世纪 80 年代末期，笼箩小组积累的资产，包括三间门市一并划归县变压器厂。后笼箩门市与综合办公室旧址一并拆除改建为开源市场。贺书治退休以后，在饮食公司干了一段时间，后来赶上改革开放，自己在家里重操旧业，直到1989年9月瘫痪为止。约在20世纪80年代初期，贺书治在县城租了一个小铺面，后来买下老"昌兴诚"旧址，又打出了"昌兴诚"的招牌。

这期间产品结构发生了很大变化。一是竹算子打开了销路。过去，定襄人民一般用高粱秆穿算子使用。后来，由于推广杂交新品种，高粱秆无法利用，竹算应运而生。一般人家均需配备三个算子使用，即正算、口算、条算，用量与日俱增。二是随着人们生活水平的提高，大、小笼用量大增。尤其是大笼，过去只有大户人家才有能力置备，后经食堂化、"四清"、"文革"，村中大笼成了稀有之物，现在有了钱普通人家也想买上一套。三是"食篚"重新流行。老贺家中自有一套，不论远近亲疏都准借用，不收取租金。后来，传统红白喜事相继恢复，不时有人定做"食篚"备用。四是箩子销路看跌。一家一户磨面的少了，箩子只作为一种辅助工具，用量大减，只是有些电磨还用一些箩底。

贺书治从12岁到66岁，几乎一生没有离开笼箩手艺，一生没有离开定襄县城，所以手艺日精，声誉日隆。虽然近年来，邻村远近也有一些笼箩艺人，又有福建莆田人不时来到定襄耍手艺，但终未形成大的气候。以至于城关周围，大河两岸，谁有笼箩生意都愿意找老贺家。现在，贺书治三子登伟，子承父业，与其二姐夫张万全（西营村人）在"昌兴诚"旧址继续从事笼箩手艺，是为"昌兴诚"的传人。所不同的是，如今的笼箩生产也用上了电刨、电锯、电钻等机械化工具，新的"昌兴诚"发展了锅碗瓢盆等其他炊具配套产品的经营业务。近年来，老贺家还装上了电话，"昌兴诚"的生意通过现代化的通信手段，开始突破县界、省界。

（原载于《定襄民间百业：定襄文史资料第七辑》）

感念　感恩　感谢

——《贺氏族谱》序

（二〇〇九年十二月三十一日）

　　《贺氏族谱》即将付梓，族人越曾嘱我为序。作为远方的游子，当此之际，我感念故乡，感恩祖先，感谢族人。

　　本人生于县城，辗转于州城，奔波于省城，落脚于京城。自打记事起，家父总是反复叮咛，我们的老家在兰台村。如今，我又与小孙子絮叨——山西省、定襄县、兰台村。南瞭柳林尖，北望金山铺，云中河由西向东；魁星阁留在梦中，启源街欣欣向荣，扼守定襄西大门。这里商贸发达、集市繁荣，奶牛致富、碱地生金；这里人杰地灵、文教兴盛，民风淳朴、远近闻名，更有贺氏族人、儿时玩伴不了情。人老念旧，叶落归根。无论飞得多高，走得多远，兰台村永远是我们贺家的根。

　　遥想明朝初年，兰台村满目疮痍、百废待兴。先祖贺翁讳常毅然返回家园，在举目无援中自力更生，在断壁残垣中辛勤耕耘，誓叫兰台起死回生。此后600多年来，无论朝代兴替、世事变更，灾荒战乱、平安年景，贺氏列祖列宗，或他乡商贾，或本地躬耕，或手工劳作，或操武习文，以信念和毅力繁衍生息，以心血和汗水立业建功。这才有家族的兴旺，家乡的繁荣。更有贺翁讳惟忠、锡躬、锡冕、炳煌等志士仁人，为民谋利，为国尽忠，光耀门庭。寻根祭祖，饮水思源。我们今天的幸福和安逸，源于祖先的拼搏与奋争；祖先开创的基业和精神，永远是后辈前行的指路明灯。

每往异国他乡，常为偶遇同姓本家而惊喜万分。只有在故乡，贺氏才是真正的望族，才有这么多热心的族人。往昔，他们和谐互助，勠力同心，生生不息，建设家园。如今，他们不顾年事已高，不管家庭拖累，不惜体力财力，不怕登高负重，有的精心谋划，有的伏案疾书，有的慷慨解囊，有的东奔西走，盛事终于得以完成。值此大功告成之际，感谢所有为修谱建祠做出贡献的贺氏族人。特别是筹委会喜恒、明光、宝成、喜宏、凯庭、福昌、宝山、茂全、有祥诸位，更不应该忘记他们。

修谱建祠，善事德行。慰藉先祖，凝聚族魂，延续香火，激励后人。《贺氏族谱》已写就昔日的奋斗与辉煌，更待后世人才辈出，青胜于蓝，续写新的篇章！

兰台贺氏 18 世孙　

想起了老妈的老咸菜

（二〇〇一年八月六日）

俗话说：儿行千里母担忧。每每与老妈通话，老妈总要问我们缺什么。我总是说，只要老咸菜。亲戚朋友来京，也少不了带点俺妈的老咸菜。一旦缺了老咸菜，小女便要"罢吃"。从超市买来的咸菜，她会说，没有"呀娘"的味。如今在我的居所周围，可以说各种商业设施星罗棋布，各种商品琳琅满目，南北风味各领风骚。但是，唯独买不到老妈的老咸菜。

老妈的老咸菜，味道独特，意味深远。吃着它，我们度过了三年"非常时期"；吃着它，我们熬过了"文革"的艰难岁月；吃着它，我们一家由地区到省城，再到千里之外的北京城。我们可以不吃生猛海鲜，我们可以不吃法国大餐，但是我们不能没有老妈的老咸菜。老咸菜，已经深深地融入我们的生活中，化作我生命的一部分。

那天是星期日，我刚巧从西单图书城购书回来。小弟给我送来四册《定襄文丛》，我连忙把刚买来的其他书籍统统搁置一边，捧在手上读了起来。结果越看越有味，那味道使我想起了老妈的老咸菜，想起了千里之外的那山那水和那些永难割舍的老朋友，想起了我们曾经一起为文为人的日子。

闻到了家乡的"豆糁糁"味

（二〇〇四年六月六日）

离开家乡几十年了，总忘不了家乡的"豆糁糁"。家乡的亲人来北京，也忘不了带上地道的"黄豆面"。但水不是家乡的水，锅不是家乡的锅，火也不是家乡的火，在定襄以外，怎么也喝不到真正的"豆糁糁"。

前几天，县政协文史资料委员会寄来一本《定襄文史》的创刊号。我放下手头的一切资料，从县委书记、县长的《创刊贺辞》起，一口气读到张文玉、续八宝、高爱辰等人的诗，篇篇不落，终于品出了浓浓的"豆糁糁"味。薄慧京老师的《在普及革命样板戏影片的日子里》，张年如老师的《定襄县一届一次"各代会"始末》讲的都是定襄的事；冯崇仁的《我所知道的郭应禄院士》，韩耀庭的《建国初期的全国卫生模范侯翠》记的都是定襄的人。在外地看到这样的资料，就像喝到"豆糁糁"一样沁人心脾，令人回味无穷。其他的文章，也是在任何资料中都无法看到的"独一份"。因此说，政协朋友们送来的"豆糁糁"，合口味，有品头，我打心眼里喜欢。

咱定襄，人杰地灵，资源丰富。有的是"黄豆面"，也不缺烧火的"柴"，还有善做"豆糁糁"的行家里手，香喷喷的"豆糁糁"肯定会源源不断。本人虽不学无才，但也想给咱们的"豆糁糁"添上"一把火"。随附小文两篇，一是《合作澡堂与定襄洗浴业》，再是《我记忆中的李召轩副县长》，不知有没有"豆糁糁"的味道，请各位行家品评。

"豆糁糁"做熟了，别忘了分我"一碗"。

致宝贝女儿的一封信

（二〇一一年十月三日）

靓靓：

你好！你是我们唯一的宝贝女儿，我们把你当作掌上明珠。因为爱之深，所以责之严。平时，你所听到的更多是，对你的缺点和毛病批评与责备。其实，对于你的优点和长处，我们更是看在眼里，喜在心头。借此机会，略述如下，你看对吗？

你是一个独立性很强的孩子。你 6 岁以前，我们并没有把你带在身边。你先后跟着奶妈、保姆、毛姨姨、老姨、奶奶和大姑等度过了童年时期。每到一家，你都能很快适应新的环境，独立面对新的生活。那时候，你是多么渴望与爸爸和妈妈待在一起呀。曾经有几年，我们一家四口分别待在北京、太原和县城等四个地方，只有在年节的时候才有短暂的相聚。当我们问你要什么东西的时候，你总是说："我什么也不要，只要你们不离开我。"你还记得我们第一天在北京团聚的情景吗？你高兴地说："我终于可以和爸爸、妈妈在一起了。"正是这种从小就离开爸爸和妈妈的生活磨炼，锻炼了你独立生活的性格和能力。

你是一个善于与人沟通的孩子。由于从小不断变换生活环境，你很小就学会了如何与人沟通。为了讨得老姨的欢心，你改口叫她姥姥。大概在七八岁的时候，我们全家人一起照相之后，连所有的大人都没有察觉，你就感觉冷落了司机叔叔，于是主动拉着他的手说："我要和万厚叔叔照个相。"以至于现在我们回到老家，万厚叔叔都要特别问到你的情况。8 年前，你还是个一年级的小学生，我们家住在集体宿舍，你和那里的叔叔阿姨个个倍儿熟。那天，我们要搬家，不一会儿的工夫，你居然招呼来那么多大哥哥、大姐姐给我们帮忙。人来熟，不认生，你走到哪里都会很快成为大家都喜欢的孩子。

你是一个记忆力很好的孩子。这是我们的亲戚朋友所公认的。四五岁的时候，你跟着奶奶，只要有人问到我们家里人的电话号码，你都能脱口而出。后来，别人问你奶奶，她的某个儿子电话号码是多少，她总是说："你得问我孙女。"你 6 岁时来到北京，爸爸每天带着你等妈妈回家，教你背一首又一首古诗词。你还没有升入小学的时候，就已经背下来 100 多首。每有老家来人，你就表演一番。还记得有一位姓张的叔叔吧？爸爸今年回去看到他，他还在夸奖你的聪明与好学。

你是一个喜欢书法的孩子。大概小学三年级的时候，你主动提出学习书法，后来连续上了三年业余书法班。好像有一位姓马的老师特别喜欢你，你跟着她学习硬笔、软笔书法，小有成就，曾经有几次参加了书法比赛。每到春节，我们家的对联都是你写。回到老家，大姑让你把通讯录誊抄一遍。直到现在，你的笔迹还挂在奶奶的床头，别人看见后夸奖写得好，奶奶笑得合不拢嘴。

你是一个文笔不错的孩子。你总说写作文"犯愁"，其实你的作文写得相当不错。记得小学时期，你有几篇记叙文就写得很好。去年爸爸看过你写的两篇文章，一是讲爸爸妈妈对你的关爱，二是讲我们在老家爬山的经历。文章布局谋篇起伏跌宕，行文描写生动细腻，感情表达真挚深刻。教过你的老师都说，你有较好的语言文字表达能力。我们相信，你的文字功夫一定会青出于蓝胜于蓝。

你是一个动手能力极强的孩子。你从小就喜欢手工，做纸盒子、绘画、刺绣等。大姑特别喜欢你的作品，多次拿回老家去"展览"。我们看到你最近做的玩具娃娃惟妙惟肖，十分可爱。你给弟弟做的生日贺卡图文并茂，很有创意。你对洗锅刷碗、扫地擦地、收拾屋子等家务活儿也很"在行"。你只要愿意做，每次都收拾得干净利落。

你是一个发奋自强的孩子。从小你的体育成绩就不太好，中考时我们已经做好了"免体"的准备。但在老师和家长的鼓励下，你还是加紧锻炼，参加了考试，而且取得了较好的成绩。在学习方面，你一直不甘人后，稍有差距，就会迎头赶上。中考"二模"，你遭遇了较大的挫折，我们也为你捏着一把汗。在短短不到一个月的时间内，你意识到了问题的严重性，卧薪尝胆，急起直追。正式中考时，你居然前进了差不多 1000 名，这才考上了一五九中，也是我们所期望的好学校。

你是一个富有爱心的孩子。你爱老师、爱同学、爱长辈、爱姐姐、爱弟弟、爱妹妹和小侄子，以至于爱周围所有的人。还记得刚来北京那年，我们在汽车站等车，有人向我们要苹果。你说："我不吃了，给他吃吧，他出门忘带了。"你哪里知道，他并不是忘记带了，他家原本就没有。现在世界上还有许多人因为种种原因，还得不到他们所需要的东西，还需要善良的人们献出爱心。你记得我们家许多亲戚、朋友的生日，你会通过各种方式给他们送去祝福。自从有了小侄子，你对他疼爱有加，以至于他总是哭着不让你离开。只要人人都献出一点爱，世界就会变成美好的明天。

你是一个乐于助人的孩子。你从小就懂得与人分享，很会关心和帮助别人。你还不会说话的时候，就知道给爷爷找药片，给奶奶递眼镜。上学的时候，尤其是在中古友谊小学，你是老师的"好帮手"。大家放学了，你还在帮助老师做事。我们家刚搬到北京时，哥哥和嫂子还在太原。我们带着你去看房展，你一定要找三居室的房间。他们刚到北京时，没有地方住，你主动让出自己的房间给他们，而你只能睡在客厅的沙发上。刚刚升入初中，你就通过自己的"关系"，帮助四叔家的妹妹找学校。你心里装着别人，别人也就会想着你。

你是一个充满童趣的孩子。你喜欢蓝天、喜欢大海、喜欢高山、喜欢动物，喜欢自然界一切美好的东西。还记得两年前，在郊区你为看到星星而惊呼；三年前，你为在老家看到驴子而尖叫。你把喜欢的套娃摆在书橱里，晚上抱着玩具熊睡觉。小的时候，你特别喜欢荡秋千，喜欢看动画片。如今，你虽然已经成长为亭亭玉立的大姑娘，知书达理的高中生，但在我们的眼里，你依然保留着童真、童趣和童心。

……

以上讲了你的一些优点，其实只是沧海一粟，凤毛麟角。在我们的内心深处，你才是世界上最优秀的孩子。当然，"人无完人、金无足赤"，你也同任何人一样，也有一些缺点和毛病，还有很多需要改进提高的地方。最主要的有，对当前的学习重视不够，有时有"偷懒"的毛病；平时计划性不强，往往"临时抱佛脚"；意志还不够坚强，对各种各样的"诱惑"缺乏足够的抵制能力；不太注意学习方法，不会安排自己的作息时间，有时学到很累、很困，但效果不见得好。关于这方面的问题，我们过去讲了不少，你自己也应该认真体会和反思。

靓子：你是一个幸运的孩子，你赶上了好时候，你来到北京，又有这么好的学校、老师和学习的环境。我们小的时候，因为诸多原因，没有机会读书深造，还没有你这么大的时候就开始繁重的体力劳动，尝遍了世事的艰辛。就说我们亲戚们的孩子，还有你那些从农村出来，又不得不离开父母、回到乡下读书的曾经的同学，你不觉得自己幸运、幸福吗？希望你能够认真体会，珍惜眼前的生活和学习环境。

你即将告别高中学习阶段，未来几个月将是决定你一生命运的关键时期。我们也知道，就目前情况看，你的成绩还不是很理想，与自己确定的目标还有不小的距离。当然，这是你努力不够的结果，特别是升入高中以后，你的精力有所分散，但和我们对你的关心、关注和帮助不够也有关系。与别人家的父母比起来，因为我们文化水平低，加之工作忙，很少给你具体的指导和帮助，平时与你的沟通和交流也不够。我们以后也会加以注意，但最终你要自立自强。

不管你有没有意识到，机不可失、时不再来。这一段时间，你还是应该给自己确定一个目标，并围绕这个目标有一个实施的计划。当天的问题要能够当天解决，有不会的地方一定要抓紧向老师请教。要学会合理安排时间，按时作息，克服上课打瞌睡的毛病。有些与学习无关的事情，尽量少去参与。上课认真听讲，放学后及时回家。如果照着做了，努力过了，明年六月我们不留遗憾。

靓子，我们的宝贝女儿：再过几个月，你将跨进庄严的考场，接受人生第一次大考；同时，也将踏进成人的门槛，独立面对新的挑战。我们没有过多的奢望，只是希望你在人生的旅途上发扬优点、改正缺点，向着自己的理想目标，脚踏实地，奋勇前行，做一个对社会、对他人有用的人。

你说对吗？祝你成功！

深爱着你的爸爸、妈妈

青春　责任　拼搏　感恩

——在一五九中学高三年级成人仪式上的发言

高三（6班）贺靓家长　贺登才

（二〇一二年二月二十日）

尊敬的李校长，各位领导、老师、家长，可爱的孩子们：

大家下午好！

今天，我们沐浴着二月的春风，怀着喜悦的心情，在这里见证孩子们成人的历史性时刻。

首先，请允许我代表全体家长，对迈入成人行列的同学们表示由衷的祝福；对学校老师的精心培育表示衷心的感谢！

我家有女初长成，千言万语意难平。感谢学校领导给我机会。我想就青春、责任、拼搏和感恩，谈谈自己的感想。

……

我想说，青春是人生的起跑线。今天，你们犹如旭日初升，好比花朵含苞欲放。青春孕育着希望，青春是人生的黄金档。多少志士仁人，多少英烈先贤，无一不在青春期立下远大志向。"漫卷诗书喜欲狂"，"青春作伴好还乡"。

青春宝贵而又短暂，不经意间进入记忆的珍藏。18年前，我们的女儿来到人间；12年前，我们全家相聚在北京；3年前，第一次陪女儿站在陶行知先生的雕像前。所有这些，仿佛就在昨天。而今天，她和你们一道，面临人生新的转折点。

"子在川上曰：逝者如斯夫。""莫等闲，白了少年头，空悲切"。立足今天，抓住当前。到头来，不要因为碌碌无为而懊悔，不要因为虚度年华而感叹。前面的天空，既有彩虹，也有闪电；前面的大地，既有平川，也有高山；前面的人和事，也不像你们想象的那么简单。青春无悔无怨，跨过激流险滩，才有可能到达成功的彼岸！

可爱的孩子们：千里之行，始于足下。面对漫漫人生路，你们准备好了吗？

……

我想说，责任是人生的"通行证"。当你们踏过 18 岁的门槛，成人的责任已然搁在稚嫩的双肩。我们应该懂得，权利和责任紧密相连：必须对自己负责，承担法律责任，遵守道德观念；学会对家庭负责，从身边事做起，为家人分忧解难；学会对社会负责，做一位有理想、有修养、有文化、有品位，守纪律的新一代青年。

"天下兴亡，匹夫有责。"我们的国家也有困难和挑战，还有多少你们的同龄人，承受着不应有的苦难；我们居住的这个星球，也不全是祥和安宁的景象；我们的未来，不可能永远是鲜花和掌声相伴。你们肩上的责任重，脚下的路难行。"故今日之责任，不在他人，而全在我少年！"

……

我想说，拼搏是成才的基本功。不成才的原因，各有各的不同；成才的因素却高度相同，敢拼才能赢！

大家可以回去做个访问，问一问你们的爷爷、奶奶，父亲、母亲。相信每个人都有不寻常的奋斗史，每个人都有不屈不挠的拼搏精神。他们所付出的努力与艰辛，不仅造福于社会，而且荫及子孙。

我也和他们一样，也有自己的奋斗史。小时候我没有机会踏进中学的校门，13 岁进入社会，当过工人、农民。在人生的低谷，我坚信，机遇最终降临有准备的人。大地是我的课堂，背包是我的书房，劳动间隙是我的上课时间，老师就在我的身旁。40 多年过去了，我从小小的山区县城，进市里、到省城，终于定居在首都北京，做到一个行业的最高层。

我常常对孩子讲，不做"两怨怨士"。一不怨时间。时间是最公正的老人，给谁也不会多一秒、少一分。二不怨环境。相同的学校，相同的老师，相同的课程，为什么同学们的成绩大相径庭？勤奋与懒惰是分水岭，成才的钥匙就掌握在自己的手中！

……

我想说，感恩是成功的座右铭。透过孩子成长的历程，我更深地体会到老一辈的艰辛。养儿才知父母恩。在成才的道路上，个人的努力固然重要，但没有家长、老师和社会的帮助，我们终将一事无成。茫茫人海中，或朝夕相处，或萍水相逢。凡是成功或将要成功的人，言必谈感谢社会、感谢学校、感谢单位，感谢所有的人。感恩的心，温暖着他人，也给自己创造了适宜的环境。

感恩，是人生的必修课；感恩，是成功的座右铭。我们感谢当今时代，每一个勤奋的人都有施展才华的舞台；感谢脚下这片土地，是它养育了中华民族大家庭；感谢父母亲人，他们含辛茹苦，日夜操心；感谢老师，他们像辛勤的园丁；感谢交通警察、环卫工人乃至所有的劳动人民，他们给我们创造了这么好的学习环境；还要感谢生活、感谢挫折，它们使我们不断修正人生的航程！

……

各位家长，在今天这么多家长当中，我可能是最不称职的一位。因为工作频繁调动，孩子从小寄养在老家农村。她来北京上学后，我多次缺席家长会，很少检查她的作业本。但我知道一五九老师的师德、师风。女儿的两任班主任杨薇老师、刘勇老师和政治课鲜红老师，不厌其烦在电话中与我沟通；常常听孩子提起地理周乾坤老师、数学柴晓涛老师、英语吴腾月老师和语文战新良老师；年级主任衡斌老师和高三宋小琨主任，经常发短信、反复叮咛。还有许多叫不上名字的学校领导、老师和其他职工，他们为孩子的成长与进步默默付出。选择了一五九中学，是孩子的幸运，也是家长之幸、全家之幸。借此机会，我们再次对学校和老师表达永远的感激之情！谢谢你们！

……

可爱的孩子们：时间如流水，光阴不等人。你们已经到了应该负责任的年龄，从此将走向社会，承担未曾承担的责任。我相信，你们一定会珍爱青春、履行责任、顽强拼搏、铭记感恩，做一个有益于社会的成年人！

谢谢大家！

酥梨香　忻州情

（二〇二一年十月二十八日）

中秋节前，我的弟弟寄来一箱同川酥梨。开箱验视，一颗颗酥梨像一个个"小金瓜"。切开一看，皮薄肉厚，石细胞小。咬上一口，甜爽酥脆，风味独特，不禁引起我儿时的回忆。

我们小的时候，没有什么水果可吃，每年就盼着八月十五能吃上一回同川酥梨。中秋节前就有大人们到同川担梨，母亲总要买上几斤。等到月圆之时，她给我们七八个孩子分月饼和水果。半个月饼、一个酥梨，成为孩子们一年的念想。

改革开放以后，我到忻州地区木材公司工作，结识了不少同川老乡，也就少不了同川梨。其中就有从省物资学校毕业分配来的同川人赵子云。小赵英俊帅气，一副眼镜从诚实厚道中透出几分书卷气。他常常读书到很晚，有的时候我们也会彻夜长谈。后来，我俩相继调往地区物资局工作，接触的机会就更多了。

前几天，在忻州地区"物资人"微信群里，我发现，原来"梨花王子"就是30多年前的"小赵"。他把自己的作品发给我看，文学功底和家乡情怀不减当年。特别是《陪你一起看梨花》的初稿，深深地吸引了我，不仅使我领略了梨乡万亩花海的美景，而且令我发现了许多40多年前的老领导、老同事以至于忻州名人的身影。初步浏览，仿佛进行了一场与忻州老朋友的时空对话，也勾起了我对家乡的无限思念。

从 1983 年到 1991 年，笔者先后在忻州地区木材公司、地区物资局工作，度过了人生的"金色年华"，留下了终生难忘的美好回忆。之后，虽然陆续调往太原、北京工作，但忻州终归是我魂牵梦绕的家乡。40 年来，我们的国家发生了翻天覆地的变化，我也走过了国内外许多地方，吃过了知名的不知名的无数水果。但回想起来，最香不过同川梨，最深还是忻州情。

（原载于老同事赵子云所著的《陪你一起看梨花》）

《兰台村掌故》前言

（二〇二二年十二月十二日）

兰台村，位于山西省忻州市定襄县西部，现属晋昌镇管辖。北与忻府区北兰台村隔云中河相望，西与忻府区真檀村接壤，南穿忻（州）阜（平）公路与本镇智村为邻，东连本镇西营村。2022 年土地面积 7500 多亩，户籍人口 4300 多人。这里历史悠久，物产丰富，民风淳朴，人杰地灵，在晋北二州五县久负盛名。

历史悠久，遗存甚多。"兰台"一词，从百度查得：1. 战国楚台名；2. 汉代宫内收藏典籍之处；3. 泛指宫廷藏书处。不知"兰台"村得名是否与这些说法有关，但这里确有诸多历史遗存。今遗留有文台（遗疙瘩）、武台（獾疙瘩）。近几年武台上还发现有新石器时期的夹砂灰陶片、红褐陶片，这些陶片的纹饰以绳纹为主。据说，还有人在武台上捡到过石斧、青铜器之类的物件。

革命先驱，红色基因。本村辛亥革命先烈贺耀斋（炳煌）先生早年留学日本，追随孙中山参加同盟会。回国后，在县城扳倒城隍办学堂，招兵买马练民团，办工厂、协修广济渠，除暴安良、惩恶扬善。先生联合本县续西峰率忻代宁公团攻打大同清军，后被捕入狱。出狱后又积极参与革命活动，举冯玉祥为总司令，本人为国民第三军参议，47 岁英年早逝。民国二十一年（1932 年）由阎锡山（留日同学）、徐永昌等数百人集资，由牛诚修、李召轩负责建起"四面路碑",立在村西北大路旁。

炳煌之子贺凯从小受父亲影响立志革命,1921 年 8 月考入北京师范大学(兰台村第一个大学生),1922 年经我党早期领导人高君宇介绍在北京加入党组织。先生利用回乡之际积极开展革命活动,1927 年 1 月先生与薄一波在兰台家中召集回乡度假学生共产党员徐则欧、张亨晋、史雨三等,成立定襄县临时委员会,隶属中共太原地委,推举薄一波为书记。中共定襄县临时委员会是忻州地区最早的县级党组织。中华人民共和国成立后,先生曾任山西大学中文系主任,兼任山西省文联委员、省政协第三届委员会常委。其编著出版的《中国文学史纲要》,被称为中国第一部以马克思观点分析我国现代文学的具有划时代价值的著作。

商贾云集,古会繁盛。兰台地处忻定盆地中部,从"文台""武台""马坡"这些古地名和邻村"西营"的村名判断,这里极有可能曾为军队驻扎之所。大量的粮油、布匹、食盐等军需物资转运贸易,容易形成物资流通集散地。及至明清之际,晋商日益兴盛。从盂县、阳曲县以至于定襄一带"走口外"的商旅人士来到这里,需要打尖住店,人吃马喂驼歇。随之集市贸易、骡马交易,铁匠炉、车马店、饭铺、酒坊、当铺、剃头棚、染坊等逐步开张。今发现民国四年(1915 年)"官契"上即盖有"定襄县蓝臺镇"篆书图章,20 世纪 90 年代兰台村被忻州地区定为村级镇。

据长者回忆,兰台镇的往日集市和古会在忻定原毗邻地区十分有名。三日一小集,五日一大集,庙会每月有。后因历史变迁,庙宇毁坏,庙会大多中断,但每年腊月二十四、腊月二十八(穷汉节)的集市,一直延续至今。"三月三"古会(真武庙会),是定襄县每年开春的第一个庙会,也是每年的春季物资交流大会,从明嘉靖年间开始从未间断。古会恰逢春耕备耕时节,前来赶会的人们扶老携幼,络绎不绝,古镇街头人山人海,热闹非凡。摆摊卖货的有犁、耧、耙、耱、锄头、镬头、镰刀等农具以及车马挽具;有锹把、锄把、镰把、打枣杆等柳杆子和箩头、笸篮、笸箩、簸箕等柳条制品；也有炕席、风匣、蒸笼、案板、擀面杖等生活用品；还有牲口交易、饸饹饭铺、牛腰小吃，豆腐脑、西洋镜，耍把戏的。凡乡民所需，应有尽有。此外，每天两场大戏，晚上还有摔跤挠羊赛，引来各路英雄好汉，通宵达旦，盛况空前。

百业兴旺，特产驰名。兰台村土产的黄盐色味俱佳，质量上乘，誉满忻州、定襄、原平、五台等地。每年春耕播种之前，村民把地表层泛白的盐土刮到一起，然后把盐土摊到淋子池里过滤出盐水，再把盐水挑到熬盐的锅里熬制。刮土熬盐不仅能产出食用盐，也能减少土壤的盐分，利于庄稼生长，熬盐的副产品还可用于牛羊等家畜舔食。兰台盐就地取材，一举多得，逐渐兴盛起来。抗日战争时期，兰台盐通过敌人的封锁线，利用各种方式送往抗日根据地。志愿军驻村休整期间，兰台盐保障部队生活所需。20世纪70年代全村盐房最多时达到40多座，兰台盐远近闻名。

兰台的染坊、纸坊、油坊、酒坊、木业社、铁匠炉在周边也颇有名气。村民自20世纪四五十年代开始制作麻纸（糊窗户、打顶棚必备）、草纸，产品行销周边县乡村以及晋北内蒙。兰台的油坊自20世纪60年代起用人工打榨，以葵花、胡麻籽为原料，为本村生产并给社员分配，甚至还为远至20里的外村加工。兰台木业社开创于20世纪50年代，生产制作、修理农具以及盖房、做家具等所需的木工产品。铁匠炉打造所需农具、家庭用具等，最出名的是20世纪50年代经过改革制作的"二兰台锹"，远销大同、朔州、内蒙古。20世纪七八十年代，兰台的紫皮大蒜在忻州城区销路很好，也小有名气。

民风淳朴，人杰地灵。兰台村地形西高、中凹、东低，呈"凹"字形土丘，古有"晋丘蓝臺"之称。站在村头环顾四周，西北遥望金山，东南远眺柳林，北有云中河向西而来，南有"二退渠"向东流去。老辈人讲，兰台村前有照、后有靠，左有来源，右有去水，是一块难得的"风水宝地"。村庄建筑占地900亩左右，全境包括河流道路村庄等总面积1万余亩。既有坡地良田，也有河滩碱地，就算旱涝年景，也有所收成。

由于所处的地理位置和文化传统，兰台村民源流来自四面八方，就连村中大姓贺姓的始祖也是明朝初年迁居此地的。后来陆续有过来当长工的、打短工的，有上门女婿，有耍手艺的、做生意的，还有路过留下来的。全村先后居住过30多个姓氏，组成了1300多户人家，4300多口人的城西大村，百姓认同感和包容性极强。一邻有事、四邻都帮，遇有婚丧嫁娶、起房盖屋等大事相互帮忙照应，习以为常。村民和睦相处、安居乐业。不断接洽来往各地的商人，也要外出经商，兰台人形成了特有的为人性格和行事风格。既有"忻州家"的商业头脑，也有"五台家"的诚实厚道，还有"走口外"带回来的粗犷豪放。

兰台村人才辈出。古时候有人在朝中为官，做过一代帝师；有的外出经商，名震口外；也有的走街串巷，摆摊子、耍手艺服务四邻八乡；还有的立足本村辛苦劳作、勤俭持家，累积家财万贯。中华人民共和国成立后，特别是改革开放以来，全村尊师重教蔚然成风。村中大学生、研究生层出不穷，考上清华、北大等知名院校的考生不乏其人，还出现了"兄妹三博士""一门三本科"的佳话。有的离开本村进入国家、省、市、县、军队或行业领导机关，成为领导干部或专家学者；有的在科研、教学、医疗、卫生、文艺、体育，特别是摔跤、柔道等项目中蟾宫折桂，奋勇争先；也有的在绘画、面塑、酿酒、剪窗花、做笼箩、编苇席、木匠、纸匠、铁匠、毛笔匠等行业钻研技艺，成为远近闻名的能工巧匠；更多人抓住机遇，发挥所长，在种植、养殖、经商、办企业等方面施展才华，小有成就。兰台得天时地利之便，深厚的文化素养滋养着一代又一代兰台人，兰台村民能人辈出，领乡村振兴风气之先。

古镇新貌，前程似锦。改革开放以后，历届村"两委"班子带领村民谋求适合本村的发展道路，兰台古镇焕发了新的生机。进入21世纪以来，首先由商铺户主出资统一设计施工盖起了商住综合二层楼，完成了老旧街道改造，接着又群策群力修成了 300 米长的"启源街"。之后盖起了学校教学楼，修通国道进村柏油路，建成石雕奶牛像。盖戏台、建广场、修大街，使村容村貌焕然一新。在抓好村镇建设的同时，发动村民"念牛经""发牛财"。全村男女劳力齐上阵，男的养殖+买卖，女的通过快手、抖音发信息，吸引全国各地的养殖户和经纪人蜂拥而至，兰台一度成为华北地区最大的"奶牛市场"。村"两委"因势利导，"七月二十四"在村东过古会、唱大戏，恢复了逢三、六、九的集日。尤其是在村东南建起了"百亩养殖园区"，引导村民科学养殖、规范经营、美化环境。

兰台村奔小康的事迹得到上级领导肯定和表扬。2001—2004 年，连续四年被县委、县政府评为"小康示范村""农村红旗党组织"。2005 年被省精神文明建设指导委员会授予"山西省文明村"，被省委组织部授予"先进基层党组织"称号。2008 年被国家林业局命名为"全国绿色小康村"。2005 年兰台村党支部、村委会受到国、省、市、县、乡五级表彰奖励，荣获数十项奖状。2020 年 8 月，山西省爱国卫生运动委员会命名兰台村为"2020—2022 周期省卫生村"。时任村党总支书记贺喜恒先后荣获山西省一等功、忻州市二等功，被评为市、县、乡优秀共产党员，优秀村干部，连续担任三届县党代表，四届县人大代表，五届乡党代表、人大代表等。

如今，新一届村"两委"班子正在带领全体村民，在已有工作的基础上踔厉奋发，勇毅前行，创造新的辉煌。相信家乡的明天将更加美好，祝愿乡亲们的日子越来越红火。

（感谢族人贺喜恒、贺培善提供材料）

兰台贺氏 18 世孙

风雨同舟 50 年

（二○二四年十二月十八日）

今天，是贺登才和班月娥结婚 50 周年纪念日。50 年，半个世纪风雨同舟，确实很长很长；50 年，一眨眼的工夫，感觉又很短，五十年的风风雨雨历历在目。

50 年前，正处于特殊时期。我们全家八口人，仅靠父亲每月的 41.80 元工资艰难度日。兄妹六人，全家八张嘴，吃饭就是大问题。特别到了春夏之交，青黄不接，我妈急得团团转。这还不算，由于成分高，我到了谈婚论嫁的年龄，也没有哪位姑娘愿意跟我谈恋爱。成分高、弟兄多、家里穷，这些都符合一辈子娶不上媳妇、"打光棍儿"的基本条件。

老天有眼，我们村恰好有一对夫妇看好我。1969 年我回到城内大队第十生产队参加劳动，队里看我有点文化，就让我担任了记工员。1970 年我补缺当上了小队会计，我队韩补才当了保管兼出纳。因为工作关系，我经常往他家里跑，一来二去就和年长 20 岁的补才叔处成了忘年交。补才婶婶聪明，为人热情，街坊邻里大事小情，都愿意找她拿主意，她似乎是东门街北二巷的"小巷总理"。这两人生性善良、眼光独到，就合计着把他们的外甥女许配给我。补才婶婶找到我妈说媒，我妈开头一句话："我家成分不好。"婶婶说："（我）们不嫌弃。"后来，两位老人你来我往，讨论订婚等细节。1972 年春节过后，有些细节还没有定下来。我妈就急了，找到婶婶说，眼看天气一天比一天热了，我家过年留下订婚用的食物放不住了，赶紧把订婚的日子定下来吧。后来，两位老人商定了订婚的日子为农历二月初六和相关细节。

这个时候，我们两位主角——结婚当事人才见了一面。直到 1973 年 9 月 12 日，我们才到城关公社领了结婚证。连结婚照也没有拍，喜糖也没发，只是她来我家吃了一顿高粱面鱼鱼，就各自回了自己家。完婚的时候请人看了"利月"，定在农历十一月初五（公历 1974 年 12 月 18 日）。特殊时期，不让请"响器"（当地的"八音"队），请来队里的农友，大家"凑份子"吃了顿"农家饭"。

结婚之后，通过县计划委员会办公室主任贾福义伯伯介绍，12 月 25 日我就去县木材公司上了"班"。后来，我先后调往忻州、太原、北京工作，老婆一直不离不弃，一路跟随。每调往一处，都是我先去打前站，留下老婆孩子待在老地方，过两三年才能在新地方团聚。曾经有一段时间，全家四口人分别在四个地方，互相思念牵挂盼团圆。2000 年，经领导批准，我们带着女儿，一家三口定居北京，儿子一家留在太原。后来，儿子和儿媳先后考取了北京交通大学和中央财经大学的研究生，在北京找到固定工作。就这样一家三代七口人，才全部解决了北京市的户口，有了固定的居所，全家人终于在北京团聚了。

我们的小家庭建立 50 年，多次处于居无定所、人户分离的状态。50 年来，我们工作调动七八次，搬家 10 次上下。无论走到哪里，遇到多大困难，我们总是相互鼓励，一起面对。在忻州时，我们住的房间不到 10 平方米，煤油炉做饭，自己挖菜窖、打煤膏，我们也能用平常心对待。刚到北京时，在集体宿舍找了半间房，公用厨房、卫生间，有客人来京就住地下室。无论什么时候，我们不抱怨、不指责、不争吵，用知足常乐的心互相安慰。

我们的小家庭能够经历风雨 50 年，离不开大家庭兄弟姐妹的辛苦付出。我的大姐润莲从小对我们兄弟的照顾无微不至，记得在生产队一起劳动时她锄地到地头，总要返回来替我。她把一生都奉献给我们的大家庭，特别是老爸老妈生病期间，她悉心照顾，使他们能够安享晚年。二弟登科在我遇到经济困难时，主动给予我帮助。他照顾父母用心用情，老母亲八十多岁时还带她到海南旅游观光，甚至修理墓地也是他倾情付出。三弟登伟留在家乡照顾父母，无怨无悔，年节祭奠他都抢在前面。四弟登峰作为医生，对父母的医疗服务保障尽心尽力，对姐姐哥哥的孩子视如己出，照顾有加。我的夫人关心大家庭中的每一个人，每件事都不需要我操心。没有他们的默默付出，我就不可能全身心投入工作。

孩子们也为我们的小家庭吃了不少苦。儿子6岁时跟我们去忻州，到了学前班的年龄因为户口问题没法入学，不得以回到老家跟奶奶生活。之后，随着我的工作调动，他又几次转学，从忻州到太原最后考试又回到定襄。好在通过自身努力，终于取得北京交通大学研究生文凭。女儿小时候留在老家，先后换了六七家人家，不断熟悉新的环境，直到6岁才到我们身边。好在后来我们的条件逐步好转，送她到国外读完了大学本科和研究生课程。儿媳妇聪明贤惠，通过自身努力考取了中央财经大学的研究生，并悉心培养两个孩子，使自强不息的家风得以传承。

2024年12月15日，在北京国际饭店杏花堂酒家，女儿贺靓策划、儿子贺凯主持，众多亲友参加，为我们举行了"贺彩班斓"金婚庆典。儿子、儿媳、女儿、两个孙子及众多亲友，还有我的学生都送上真诚的祝福，使我们老两口激动不已。

儿媳任成霞的祝福语记录如下：亲爱的爸爸妈妈，是你们用爱为我们筑起了一个温暖的港湾，让我们在这个纷繁复杂的世界里，始终感受到家的安全与舒适。如今，你们已携手走过了半个世纪，你们的爱情是我们最宝贵的财富，你们的幸福是我们最大的心愿。在这个特殊的日子里，我们衷心地祝愿你们金婚快乐，身体健康，幸福永远！

家乡人

健民同志，您走好……

（一九九七年十二月十九日）

11月17日，初冬的太原。压抑的空气使弥漫的烟雾在天地间徘徊，仿佛一道沉沉的"黑纱"。我们怎么也不会想到，就是这样一个普普通通的日子，竟会成为您最后一次匆匆的"远行"……

早上7：40，您和往常一样与普通职工一起挤上了班车。这一天，您似乎格外高兴，在行进途中还不时谈笑风生。一到机关您就说："今天我要走了。"我们听后不免诧异：今天上午八点半，要召开有关企业改革问题的党组会议，这是您在上周五就定下的日程。后来听您说，前一天晚上才接到省里通知，要求您当天务必赶到晋城市参加人代会的选举。因此，才把原定日程做了临时变更。

8：25，您已经坐在了党组会议室里，用一个多小时，表达了自己的意见。9：45，您离开会议室下楼驱车前往晋城。我们曾提出要不要有人陪同，您说，这次出差与物资工作关系不大，家里工作又很忙，只要司机去就行。

下午2：20刚过，离上班时间还有不到10分钟，急促的电话铃声突然在机关办公室炸响。电话的另一端似乎传来天外之音：你们的李厅长已经停止了呼吸！"不可能，绝对不可能！"首先听到这一噩耗的同志们本能地做出了第一反应。

然而，现实终究无法改变。18日凌晨1：35，您的遗体被运回山医二院太平间。在瑟瑟寒风中，您的面容还是那样安详，您的眼睛似乎微微睁着，您的嘴唇仿佛微微翕动。然而，您实在是太累了，您现在最需要休息养神，准备做最后的远行。

健民同志啊，离开我们仅仅十几个小时的光景，您就从瞬间走向永恒，走完了既平凡又辉煌的五十九载人生旅程……

那是 1938 年，一个炮火连天的岁月，您出生在河南省获嘉县一个普通农民的家庭。饱尝苦难的您自然珍惜红旗下的学习环境，硬是凭着优异的成绩和满腔的热情，在火红的年代只身来到山西省省城，踏进了太原工大的校门。在这里，您站在鲜红的党旗下宣誓，开始了新的人生旅程。从此，您就把一生交给了党，交给了山西人民。1963 年大学毕业后，您被安排在省计委物资处工作，在那里一干就是 20 年。蹉跎岁月锻造了您的品格，以至多少老同志现在谈起您仍然泣不成声。

健民同志啊，在我们的记忆中，您总是步履匆匆。您从 1983 年来到省物资局工作，直到生命的最后一息，其间经历了多少风雨历程。特别是 1990 年您主持全面工作以来，正是物资行业由计划经济向市场经济转轨的关键时期。外部的不适应，内部的不理解，其难度说不清又道不明。而您仅凭女儿之身，靠着对党的忠诚，夜以继日，知难而进，不敢稍停。

生母病逝您没在病榻前，女儿出嫁您很晚才回到家，自己带病工作更是家常便饭，有多少次出差，您深夜回到家中，第二天一上班又看到了您忙碌的身影；有多少次在地市调研，谈完工作已到吃饭时分，您不顾人家一再挽留，执意踏上归程；又有多少次与名胜古迹擦肩而过，您谢绝了当地的参观邀请。近一两年，特别是今年以来，"做好最后的冲刺""站好最后一班岗"，这些话常常挂在您的嘴边并见诸行动。您越到最后时分，越加珍惜光阴，恨不能一天当作两天用。就说您走的这一周吧，竟让我们一连安排了 4个大型会议，在您的小本子上还记下了密密麻麻的一大堆事情，我们后来回想，就连您这次"远行"，一个"急"字实在是重要原因。这才是一"急"

酿成了千古遗恨！

在一般人眼中，一个厅级干部，手里掌握着那么大的权柄，您一定活得潇洒可心，而您自己如临深渊、如履薄冰。您常常对我们说，是党把一个农家女儿培养成领导干部，干不好工作就对不起党和人民的养育之恩。事实上，您一直都把自己当作一名普普通通的公民。您喜欢和家人一起坐公交车或出租车外出办事。您还高兴地向我们炫耀"打的经"："一家七口人，只花六元钱，中！"是您做出了领导干部上下班和普通群众一起乘坐班车的决定并带头坚持执行。石楼扶贫点的农民兄弟不会忘记您的关心；山里的穷孩子也得到过您的一片爱心。就在您临走的前几天，还嘱咐我们帮您联系一名需要救助的失学儿童。

健民同志啊，当您远行的时候，我们可以欣慰地告诉您：书记、省长也来为您送行，从白发苍苍的长者，到您照顾过的孩童，都为您送了一程又一程；内贸部发来的唁电称"您的离去是物资战线的一个损失"；您的遗体上覆盖着中国共产党党旗，您已经实践了当年在党旗下的铿锵之声，在您身后的挽联上写着——大地含悲悼党的女儿，苍天垂泪念民之公仆。"党的女儿""民之公仆"，您当之无愧！

健民同志，您的未竟事业由后来者继承，此去天国定会一路顺风，您安心地上路吧，您走好吧！

（原载于《中国物资报》）

大啊，您不用怕了

（一九九八年十一月十七日）

大（晋北一带对爸爸的称呼）啊，今天是您的"五七"忌日。远在千里之外的儿，不能到您坟头敬一炷香，烧一份纸，只好含泪写下这一段文字，以寄托无尽的哀思……

大啊，您11岁起进县城当学徒，真是苦了一辈子，累了一辈子，也怕了一辈子。

您对我们讲，小时候您最怕战乱。日本鬼子进城，您小小年纪从城里逃到城外，又从县城跑回乡村，多少次夜不能眠，多少次死里逃生；国民党撤退，您被抓了壮丁，听着隆隆炮声，看着死尸横陈，一向胆小的您竟然下定了逃跑的决心；奶奶咽气的那个晚上，您在稀疏的枪声和奶奶催您逃命的微弱喊声中，看着她闭上了恐怖的眼睛……

好不容易送走了战争的瘟神，您也没有得到几日安宁。由于爷爷死得早，您唯一的兄长出门断了音讯，家中的几亩薄田少不了请人耕种。因此，并不富裕的我们家曾被划作"富农"成分。您据理力争，但这口沉沉的"黑锅"还是压在了您的背上。您下了班还不肯歇工，做了一些老乡的急需营生。谁承想来了个"四清"运动，经济上"退赔"，思想上挖根，胆小怕事的您整天愁眉紧锁，心事重重。面对似懂非懂的我们，您总是再三叮咛：咱家的情况和别人家的不一样，出去以后谁也不许乱说乱动，一定要低下头来做人。

从我记事起，您和母亲就为我们兄弟姐妹六人，全家八张嘴忙个不停。每月 41.80 元，就这点儿工资您领着我们度过了十几年的光景。每当夜深人静，劳累一天的您又开始了新的"冲锋"。生怕工具击打声惊扰房东，您把指甲、拳头当作铲刀、铁锤使用。我们一觉醒来，您依然在昏暗的灯光下用心加工。3 年困难时期，您带着六七岁的我和十来岁的姐姐，到公路边去采树叶，到河滩里去挖草根。您用树叶和草根充饥，而让我们去"公共食堂"顶您的名分。出奇"肚大"的七龄童吃下一份成人饭还感觉平常稀松，全然不顾应付一天的体力活儿的您。您给食堂去修笼，可以得到放开肚子吃饭的"权利"。您不顾脸面和肚皮而硬撑，这才有了以后几天的几块窝头，几片红薯，或是几条蔓菁。拿回家里来，我们姐弟立马就会风卷残云。只有这时，您那紧锁的眉头才能舒展几分。

盼星星，盼月亮，盼来了改革开放，浩荡春风驱散了笼罩在我们心中的片片乌云，我们也可以做一个和别人一样的平常人。您和母亲，带领一天天长大的我们，浑身都有使不完的劲。在那个不大的县城，您第一批领回了个体工商户营业执照，母亲把您做的产品送到集镇乡村，您用自己的辛勤汗水换来了新房，换来了存折，换来了六个儿女长大成人，也换来了自己知足的笑容。

或许是老天不公，还是您过早地透支了生命？才过上十来年好光景，您就害了一场大病。县城、地区、省城，我们陪您转过五家医院，请过上百位医生，吃的药、打的针、输的液总量恐怕超过千斤，而您还是留下了令人揪心的后遗症。病魔缠住了您的半边身，更是夺走了您的语言功能。在以后将近十年的日子里，您一是怕疾病，再就是怕我们远行。还在您生病之前，地区有一家单位要把我调离县城，您高兴地说："这是咱家的福分，祖上的德行。"您生病以后，儿又历经几番调动，从地区、省城，辗转来到北京，自然延长了回家看您的行程。每次见到我，您总是痛哭失声；待我住上几日临行时，您再一次用眼泪为我送行，纵有千言万语却不能倾诉。此时此刻，您的心情定比泰山还重。

大啊，您虽然无言但心如明镜。只要有人用轮椅把您推出家门，您的手必然指向火车站。因为您知道，只有在那里，您才能看见儿的身影。家乡小站每天只有一列客车通过，时间是 19：40。就在今年 9 月 30 日的黄昏，北方的县城已经开始变冷。您又一次满怀希望"望断"了走出车站的所有人，最终也没有看到日思夜想的亲人。那一刻，您离和我们永别只余 12 天，您是不是要把我们兄弟姐妹等齐以后，才去做最后的远行？

大啊，您为人与世无争，您处事如履薄冰。如今，您走得一定很安心。您不用怕饥饿，不用怕战争，不用怕无休止的运动；不用怕贫困，不用怕疾病，也不用怕儿孙远行……美丽的天国安放了您良善的魂灵。您安息吧，再也不用怕了，不用怕了……（校对：温侯）

（原载于《花蕾》）

曾老师，您永远活在我们心间

（二〇〇八年五月二十九日）

曾老师：您一定想家了吧？半个多世纪前，您孤身一人，背井离乡，从天府之国来到黄土高原。悠悠 50 余载，您把青春奉献于《漆郎山下》，把热血挥洒在滹沱河边。盼子心切的父母望穿了双眼，望友情切的小伙伴已迈不动腿。然而，就在十几天前，您美丽的故乡横遭劫难。举国哀悼，震惊宇寰！您连忙起身，离开眷恋的"第二故乡""驾鹤西返"。您是寻儿时的玩伴，还是膝在父母堂前？

曾老师：故乡的孩童可否识得您的容颜？当年，您告别了故乡亲人，离开了秀美山川，放弃了鲜鱼米饭。您和我们一起备战备荒，一起糠菜半年粮；您也曾打土坯、刨城砖，用心血与汗水盖起土坯房；拾柴火、打煤膏、支烟筒，生火御寒。如今，忻定盆地的风风雨雨，已经把您打造成地地道道的"晋北老汉"。您从头到脚，一身的打扮，从思维方式到生活习惯，已经没有多少四川人的模样了。您回到家乡，千万别忘了喊上一句土语方言。要不然，人家会笑着问您来自何方。

曾老师：您是不是放不下为之奋斗了一生的"第二故乡"？我们不曾忘记，定襄县文联由您一手创办，《定襄文艺》、《花蕾》、"全国小小说大赛"，哪一样都离不开您的浇灌。我们始终认为，轰动全国的文学巨著《我们村里的年轻人》，一定出自您的笔端。记得三四十年前，在一片文化的荒原，您开办文学培训班，培养创作骨干，连我这个小学生也跟着"沾光"。我曾经把记叙文权当"小说"，把"顺口溜"充作诗篇，甚至不知道魏晋与秦汉，而您总是诲人不倦，不厌其烦。您为定襄人民留下了宝贵的精神财富，培养了一代又一代文学青年，为发扬定襄"文风"做出了不可磨灭的贡献。

曾老师：此时此刻，我因公务在身，不能亲往吊唁，相信一定有许多人来到您的灵前。您是兰台村我们贺家的女婿，更是定襄人民的儿子。在课堂上直接聆听您教诲的学生也许有限，而经您点拨教化的弟子，恐怕连您自己也无法计算。您是全县人民爱戴的"曾老师"，更是人民的"代言人"。今天，您的读者与学生，文友与同事，"第二故乡"的小孩儿与老汉，一起送您回乡，请您带上等身的著作，带上不变的笑颜，带上我们的无尽思念……

曾老师：您回家的"蜀道"是否艰难？记得20世纪70年代末期的一天，我与您相遇在忻州的公共汽车站。等不来拥挤的公共汽车，您却与我讨论起何时小汽车才能来到百姓中间。当时讲起来，真可谓"天方夜谭"。而如今，国家经济实力增强，人民生活改善。奔驰、奥迪开到您的家门前，太原有火车直达成都站，武宿机场就有直通双流的航班，艰难的"蜀道"变得宽阔平坦。

曾老师：放心地走吧。您前行的路啊，再也没有磕磕绊绊。您魂归故里，一定风光无限！曾中令三个大字将永远活在定襄人民心间。

（惊闻我们爱戴的曾中令老师辞世，特以小文纪之）

笼箩老人贺书治

（二〇〇八年六月五日）

在定襄城关周围，以至滹沱河两岸，举凡大小食堂、饭店的火头军，居家过日子的家庭主妇，提起笼箩老人贺书治来，谁人不晓！老人自12岁（虚岁）起学徒，至66岁（虚岁）因病歇业，专以笼箩为业。他的笼箩生涯，就是一部活生生的凡人传奇。

贺书治1924年生于定襄县兰台村。因幼年丧父，生活无着，1935年便辍学习艺，投师于其舅父门下。舅父张旭昌出身笼箩世家，在县城开设"昌兴诚"笼箩铺。老贺学艺之初，先以洗锅刷碗、打杂度日，间或帮助师傅们打打下手，年资仅两块银圆。

不久日寇来犯，连年战乱不已，人民流离失所。"昌兴诚"的雇员大部分被遣散。书治甥舅辗转于城乡，舅将祖传"绝招"尽传于甥。全国解放以后，老贺生活安定，技艺愈精，遂脱离舅父自立门户，开铺经营。地点即在今县城文化馆对门。公私合营之际，贺师傅加入手工业联社，编入笼箩钉秤合作小组，直至1976年办理退休。其间，他由于工作辛苦，待客热情，又与人无争，连年被评为先进工作者。退休以后，老贺曾在饮食公司干过一段时间。欣逢20世纪80年代政策放开，贺师傅如鱼得水，在家重拾旧业，余热生辉。直到1989年9月3日中午，积劳成疾，不幸一觉醒来突患偏瘫、失语，才不得不放下他那操持了一辈子的笼箩工具。

半个多世纪以来，贺师傅究竟做过多少笼箩，谁也说不清，连他自己也很难数清。但是，人们不会忘记，战争年代支前民兵用过他的笼；开忻定大渠的民工用过他的笼；戒严部队赴京用得也是他的笼。他的笼，不仅成为滹沱河两岸普通人家必备的灶具，而且远在外地的定襄人也愿意使用，曾有旅蒙华侨把他做的笼带往国外。

人们之所以乐用贺师傅做的笼，是因为他所做的笼不仅外表精致美观，而且内在质量非同一般。有一位家庭主妇结婚成家时买过贺师傅的一套笼。直到其女儿有了小孩儿又来定做新笼时谈起那套旧笼仍完好无损，尚在使用。一家两代，甚至三代沿用贺师傅一套笼的例子并不鲜见。

贺师傅做笼箩选料十分考究。特别是主料笼圈，大多采用定襄受禄、横山一带和忻州卢野、解原两村的上等柳木精制而成。笼圈讲究薄、圆、匀、净。一寸厚的木板，就要下四块圈板；经锯、刨、旋加工成形，要求均匀、圆泛，不能有一丁点儿死弯；面圈不要根花、树节、虫眼，要求绝对光滑、平整。常有外乡人以劣质笼圈、优惠价格上门推销，均被老人一一婉拒。

在制作工艺上，贺师傅严守祖训，并不断有所创新，一招一式没有丝毫马虎。他张的箩，可当鼓拿手指击，发出"嘣嘣"的声响。如用起来，面多亦无压坏之虞。他做的大笼，少则三五节，多则上十节，无需标号记数，互相之间均能"乱嵌"，且严丝合缝。后来发展到近乎标准化生产，凡一种规格的笼，只要出自他的手，均尺寸相同，可拆套"乱嵌"。其直径大至四尺几，小至尺八。还做过六寸小的，用来蒸小笼包，既精致又实用，令人赞叹不已。

除做笼箩外，贺师傅曾做过剧团、杂技团用的圆形衣帽箱和道具等物。有一年，某杂技团来定襄演出，需做一套地圈。既要十分圆，又能放得平。一般手艺人均不能承揽。贺师傅苦心孤诣，如期完成，博得"满堂彩"。

在定襄一带，每遇红白喜事，人们有用"食簏"装礼品祭礼的习俗。"食簏"为圆形，上下五层，边有立柱，由两人以木杠抬送。几十年来，经战争、自然灾害、破"四旧",民间旧存"食簏"大都损坏,制作"食簏"的工艺几近失传。唯贺师傅深得其妙,于 20 世纪 80 年代初期做了一套自用。不承想,一城三关、十里八乡,一传十、十传百,乡民争相借用。老贺不论生人、熟人一概准借,从不收取分文。

笼箩老人做生意恪守职业道德,买卖公平、童叟无欺。遇有贫寒人家总要少收一些,甚至只收成本;如买不起新的,即帮之修复再用;如一时无钱,一升米、一斗面换购亦可;先拿货、后付款也行。每到年终,估计无力还款的欠户就一笔勾销,并不留痕迹。他与供料方打交道,只求原料质量好,价格上并不计较,交款总在约定日之前,从未因钱与人"红过脸"。难怪人们交口赞誉:老书治的钱,好钱;老书治的人,好人。

贺书治膝下四男二女,唯三子登伟继承祖业,在县城城中街城关供销社北侧开办灶具店一间,仍取"昌兴诚"老字号,是为新一代笼箩传人。

如今,病魔夺去了老人劳动的权利与生活自理的能力。他走路已十分困难,且无法用语言与人交流。然而,桃李不言,下自成蹊。那一家家、一户户正在使用的圆圆的笼、圆圆的箩,不正是对这个普通手工艺人平凡而又富传奇的一生的圆满总结吗?

(原载于《花蕾》)

我记忆中的李召轩副县长

（二〇〇八年六月五日）

本人出生在晋北定襄的小县城，在那里度过了儿童和少年时期，李召轩副县长是我当年能够见到的最大的"官儿"。据说他是"民主人士"，但愿意跟着共产党走。我看到他时，他就应该有60岁了。个头不算太高，戴着一顶黑色礼帽，架着宽边眼镜，很有绅士风度。虽说挂着拐杖，走起路来却脚下生风；嗓音洪亮，说出话来掷地有声。威严中透出几分慈祥，粗犷中闪烁着睿智，凡接触过他的人都会留下很深的印象，小孩子们都躲着他。

第一次看到李召轩副县长，大约在20世纪60年代初期。县人民委员会（后来的县政府）正在今天县公安局的地址上修建，我们几个孩子放学后，就去工地上玩。工地与学校操场有豁口相通，哥儿几个就顺着豁口回到学校。想不到，这个过程被老人家逮个正着，他竟一直追到我们学校，找到我们的杜恩德校长，气喘吁吁地告了我们的状，说我们"爬墙上树""偷猫逮兔"，要求学校严肃处理。杜校长也不敢怠慢，不断地道歉、赔不是，又陪着李副县长在校园转悠，听他讲校园建设和学生管理的问题。

再次看到李副县长，他走到了我们中间。学雷锋的大会在剧场结束以后，李副县长和我们一起来到广场，和老师、同学们捡烂砖头。他一边捡还一边说："我们把这里的砖头捡了，既可以清理这边的环境，又能把这些砖头打碎去修我们的马路。"县城的第一条马路就这样在李副县长的带领下，用烂砖头和炉渣灰修了起来。

有一年的六一儿童节，李副县长和我们一起坐上了主席台。那天的会议在广场北面的舞台上举行，我被推选为各校学生主席团主席，主持当天的大会。突然，李副县长精神抖擞地来到主席台，我连忙起身让座，请他坐在中间。李副县长摆了摆手说："今天是四四、六一儿童节（据说解放区曾经把4月4日定为儿童节，老爷子大概是把解放区的儿童节和国际儿童节合在一起了），是你们的天下了，你就应该坐在中间。"然后，李副县长在我的旁边坐了下来，耐心地听完孩子们的发言。最后，他讲了许多鼓励我们的话，现在我已经记不清了，但"今天是你们的天下"这句话到如今我也不会忘记。

我最后看到的李副县长，已经没有了往日的尊严，眼睛下方的眼袋拉得更长了，嘴巴紧闭欲说还休，虚汗从他微微发红的脸上冒出来。县人民委员会的院子里、县城的大街上，贴满了他的"大字报"，列数他的几大罪状。几天以后，一个可怕的消息传来：李副县长栽了"圪洞"（大水塘）。拨乱反正以后，党和政府给李召轩同志召开了隆重的平反昭雪大会。多少年过去了，他对我们严厉的批评教育和殷切期待，他为我们县所做的好事、善事，成为我永难磨灭的记忆。

遮风挡雨老书记

（二〇二三年三月二日）

今天，是我在农村劳动时的老书记，山西省定襄县城关公社城内大队党支部书记郑仁亮叔叔离开我们 10 周年的祭日。10 年前（2013 年农历蛇年正月二十一）我抽不出时间回家祭奠，留下不可弥补的遗憾。

当年，我正在山东临沂出差。得到老书记去世的消息时，我恰好与曾任临沂市兰山街道李庄社区党支部书记、临沂顺和集团创始人赵玉玺在一起。我发现赵书记无论长相、性格、说话语气还是处事风格，都像极了我的老书记。当时，我忍不住就扑到赵书记怀里痛哭。我们习惯称呼老书记为亮叔，他对我的关心、厚爱以及培养教育一幕幕在我脑海中浮现。

1970 年，我 17 岁，任第十生产队会计。9 月，大队进行财务体制改革，实行小队核算、集中办公。改革前，每个小队都有自己的会计和出纳，都是兼职工作。改革后，撤销了各小队原来的会计和出纳，共设 3 名专职小队会计（每人分管 4 个小队）和 1 名专职出纳（统管大小队事务），大队设 1 名专职会计、1 名专职统计（兼大队记工员）。这 6 个人组成大队财务组，每天到大队"上班"。于是，我成为大队财务组的一员，不再每天下地劳动。在当时，我家属于"外来户"，且成分不好，亮叔选我做专职财务人员冒了很大的政治风险。

1972 年，大队会计空缺，亮叔推荐我接替。尽管我小心谨慎，但还是给亮叔惹来了麻烦。1974 年，"批林批孔"运动期间，有人不满他把大队财务管理工作交给"出身不好"的我。紧接着收走我经管的账簿，进行全面审查，虽然没有查出任何问题，但是，我在大队也没法再做下去了。当年 12 月，在亮叔的保护下我离开大队，去县木材公司做了临时工。

亮叔是社员们公认的能干人，地里的农活儿样样精通，还会做泥瓦匠。社员们起房盖屋，他都乐意帮忙，我家的房子就是他和乡亲们帮忙盖起来的。每逢红白喜事，"油糕"是必备食物，但是做油糕是技术活儿，必须请糕匠，我结婚时就请来亮叔做糕匠。

亮叔是我们家的救命恩人。记得 1972 年春夏之交，我家里实在没有粮食吃了。我就找到亮叔说明情况，亮叔特许我从大队所剩的种子粮中借用200 斤，帮我家渡过了当年的"春荒"。秋后，我们如数归还。此后，亮叔帮忙协调，给我家调换了生产队，逐步缓解了缺粮危机。

后来，我调到忻州、太原、北京等地工作，无论多忙，我每年回去都要去看望他。每次见面，我都会问他有什么困难，我能替他做些什么。但他从来不提，也没有给我留下报答的机会。最后一次见到亮叔，大概是 2013 年春节。他躺在炕上，已经不能开口说话了，但满脸的笑容令我感到温暖。

痛悼忘年交金万叔

（二○一一年一月九日）

　　惊闻我的忘年交、我们全家的救命恩人、城内十二队的主心骨金万叔仙逝，不禁悲痛万分。因公务在身不能亲往吊唁，特发唁函，聊表寸心。

　　金万叔年长我 20 岁，我们相识于 20 世纪 70 年代初期。也是我最无知、无奈、无助的时候，金万叔伸出了无私的援助之手。把我带在他的身边，白天一起劳动，晚上促膝谈心。他教我如何做人、怎样做事，冒着极大的风险，为我遮风挡雨。如果没有金万叔和城内村许多热心人的帮助，哪能有我的今天！金万叔，您是我终生难忘的忘年交。

　　生产队时期，粮食短缺。我们家人口多，原来的生产队分粮少。每到青黄不接，急得我妈为一家人的口粮犯愁。大约 1973 年，在金万叔的帮助下，我家由原来的生产队，调到他所领导的十二队。把我姐姐安排在电磨工作，还给我们补发了许多粮食。也就在那一年，我家的缸盆瓮箱全都装满了高粱，一家八口人吃上了饱饭。金万叔，您是我们全家的救命恩人，我们世世代代都不应该忘记您的大恩大德！

　　记得 40 多年前，城内村有十二个生产队，我们十二队是最好的队。您当一把手队长，八林叔和韩忙哥配合，大家齐心协力。我们农业大丰收，副业搞得好，粮食分得多，一个工分红一块多钱，惹得其他队的人眼红。这还不算，您还自己担上风险，给大家多分工带粮。谁家有个急事、难事，都请您出主意、想办法，您是我们十二队全体社员的主心骨啊！

大约 1974 年年底，我离开了十二队。您仍然给我以关心、关照，暗中支持我在县木材公司的工作。在金万叔和城内村父老乡亲的帮助下，我终于渡过了人生中最困难的时期。当我能够给你们一些帮助时，您总是怕给我添麻烦。我到北京工作以后，多次向您发出真诚的邀请，您最终还是未能成行。记得今年过年回家，我和几个兄弟去看您，您高兴万分。我临走时，您让家人搀扶着，一直将我送到大门口。您的音容笑貌、您的热情热心，多少年过去了，还不时进入我的梦境。

金万叔，今天北京的天气很好，遥想家乡一定万里无云，小小的县城一片肃静。金万婶和孩子们陪伴着您，十二队的社员们一定来到您的身边。我托我的二弟登科前往，也送上我无尽的哀思。您对我的教诲和帮助，是我终生受用不尽的宝贵财富！

金万叔，您一路走好。您在天国里还会当生产队长，为别人家的事操心吗？您放心吧！您的后代再也不用受您那样的苦和罪了，您的社员们再也不用为吃饭发愁了。您安息吧！

原城内村十二队社员、您的忘年交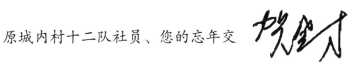

无尽思念补才叔

（二〇一一年四月二日）

惊悉补才叔过世，不禁悲从中来，放声痛哭。北京的友人不知何故：媳妇儿的姨父，孩子们的老姨父离世，外甥女婿何以至此？我扪心自问：补才叔，可不是一般的老姨父。

您是我的什么人？老师傅？好搭档？守护神？介绍人？好帮手？贴心人？我与您42年的交往一幕幕浮现在眼前……

您是我的老师傅。1969年，我16岁，您36岁，我们一起在生产队劳动。夏天我们和有升叔①、憨狗叔等人冒着酷暑拉平车，冬天我们和贵田哥顶着寒风偷茅粪。拉车上坡怎样省劲儿，挥锹和泥如何好用，您传授的许多劳动技巧令我终身受用。

您是我的好搭档。1970年，我们队班子重组。东喜叔当了十队队长，工作队要我担任会计，您接过库房钥匙，当了队里的保管员。每天劳动之余，我们还要回到饲养处记工、报账。忙完了偶尔也会赶到电影院，多少次只看到"再见"俩字儿。那一年，队里有个"五保户"薛林祥爷爷去世，我们一起清理遗物。您发现了60多元现金。当时简直是飞来"横财"，并没有别人瞅见。而您还是把钱交给我，入了队里的账。

---

① 书稿中提及的有升叔、憨狗叔、贵田哥、东喜叔等都是相对于作者本人的称呼。——编辑注

您是我的守护神。时隔不久，社会上开始出现动荡的现象。我因家庭背景不好，又掌握队里的财务大权，自然成了"运动对象"。在我最无奈、无助、无人可靠的时候，您和您的家人主动为我撑起了"保护伞"。要不是您和城内村中、东门街上好心人的帮助，我都有可能活不到今天。

您是我的介绍人。在那段充满挑战的岁月里，我也到了成家立业的年龄。然而，在那样一个年代，谁家的姑娘愿意嫁给一个出身不好、兄弟又多的穷人家？是您和您的家人没有嫌弃我，给我做媒，把您的外甥女嫁给我，我才有了成家的可能。后来，每当谈及此事，您总是为自己的眼光感到欣慰与自豪。如今，我已儿孙满堂，饮水思源，我深知这一切都离不开您的帮助。

您是我的好帮手。我和您的外甥女结为夫妻，我对您又多了一个称谓：姨父。我家的大事小情更有理由找您帮忙。我家喂的猪和鸡，是您给宰的；我家的房子，是您带领一家老小帮助盖的。我到外地工作以后，您隔三岔五来到我家，给我的老母亲送来亲手种的新鲜蔬菜，陪她老人家拉拉家常。要是隔几天看不到您，我的老母亲就会托我姐去您家，"你补才叔这是咋了？"后来，我有了女儿，又没法带在身边，又是您和姨姨，不顾年事已高，承担了抚育外甥孙女的重任。以至于，我4岁的女儿直喊你们"姥姥"和"姥爷"。

您是我的贴心人。您长我20岁，我俩称得上是忘年交。40多年前，我与您朝夕相处，经常彻夜长谈。您虽然没有上过几年学，也没有读过多少书，但言谈举止间充满了智慧与幽默，您为人处事的道理我至今沿用。后来，我离开生产队到大队，离开农村到县城，离开定襄到忻州。每每与您商量，您总是给予我鼓励和支持。再后来，我去了太原、北京工作，您虽然没有条件帮我决断，但仍然是我的坚强后盾。您和姨姨反复对我说："人家都有丈人、丈母娘，你没有，每年初二你们一家就来我这里。"就这样，40多年来，每年的正月初二我都在您家吃饭。今年春节回家，我们聚在一起，您像小孩儿一样高兴，还把自己制作的"健身器材"——几块儿小竹板儿，一束胶轮带送给我，并反复叮嘱使用方法。

我曾经天真地想，亲爱的姨父，孩子们的老姨父，有乐观向上的好心态，又有这么多强身健体的好方法，一定会健康长寿。

然而，天有不测风云。也许是上天感觉您实在是太累了，应该召回去好好休息，也许是天国对您另有重用。补才叔、老姨父，突然离开了深爱着的故乡与亲人，把无尽的思念留给我们。您的精神财富将与蒙山沱水一样永存。

补才叔、老姨父，您安息吧！

2011 年 4 月 2 日于北京含泪书就

我们的大家庭

（二〇一四年农历马年春节）

　　我们的祖籍在山西省忻州市定襄县，位于山西省北中部，东北与五台县为邻，南距太原约 100 公里。五台山余脉延至县境，滹沱河由西向东横贯全境。乡民以农耕、铁业锻造和外出经商为生，阎锡山、薄一波等近现代名人出自我县。

　　我们的祖父贺还寅（1878—1932）生于本县兰台村（西边为县境、东距县城 7.5 公里）。自幼家贫，早年跑口外、当伙计，后自立门户经营驼队。鼎盛时期拥有 30 余只骆驼，物流线路远达喇嘛庙（内蒙古多伦县）、大库伦（蒙古国乌兰巴托）等地。祖父诚恳待人，诚信经营，历经艰辛换得家道中兴。怎奈战乱频仍，道路受阻，滞留口外，终因回家无望投河自尽。

　　祖父与本村张氏（1886—1948）结婚，育有两男两女。长女降芳（1906—1970）嫁于本县西河头村赵家，育有两男两女；二女降英（1918—1975）嫁于本县智村郭家，育有一男两女；长子宝治（1912—1970）娶忻府区安邑村赵氏为妻，育有一子，名登贤；我们的父亲名讳书治（1924 年 12 月 26 日，农历鼠年腊月初一至 1998 年 10 月 12 日）为次子。

　　祖父常年在外，难得回家。父亲仅在 5 岁时依稀见过祖父，9 岁便传来噩耗。只读过两年小学的父亲 11 岁便中断学业，前往县城在其舅张旭昌与人合伙的"昌兴诚"笼箩铺当学徒。他从洗锅做饭、倒尿壶做起，终其一生以做笼屉、张面箩手艺为业，为人厚道，勤劳朴实，与世无争。

母亲王喜安（1928 年 8 月 3 日，农历龙年六月十八，至 2018 年 8 月 28 日，农历七月十八）生于本县西河头村。姥爷王寿康宁（1902—1965）一生务农，是村里的"文化人"。母亲幼时多随其母在西营村其舅张能喜家居住，耳濡目染"小买卖"环境。她尽管不识字，但天资聪颖，精通"生意经"。

父亲与母亲的结合约在 1943 年正月。1948 年祖母去世前，父亲在县城做工，母亲往返于兰台、西营、西河头村，不顾兵连祸结，顺带做些小买卖贴补家用。

在 1950 年我家经历重大困难时，本县工作队员梁天和、兰台村党总支书记贺凯庭，给了我们家无私的帮助。

战乱结束，1952 年父亲毅然离开"昌兴诚"笼箩铺，在县城自立门户，把他的小家庭（一妻一女）也带到县城。父母二人租房子、张箩子，连尿盆子、煤膏子都要自己置办。凭着好手艺、好性情、好辛苦，逐步在县城立住了脚跟。后来，还雇工经营，生意随之扩大，生活日渐有了起色。

1956 年公私合营。父亲带着自己的工具和材料加入定襄县手工业生产合作社，与本县神山村兰德元（晋山）、兰合元（晋超）兄弟组成笼箩钉秤合作小组，实行计划经济管理。父亲每月的固定工资为 41.80 元，最多时养活全家八口人。

我们兄妹逐渐长大，家中常常入不敷出。母亲天天为缺吃少穿犯难。父亲利用下班后的业余时间在家里干"私活儿"，常常干到深夜甚至凌晨。我们一觉醒来，常常看到他依然在辛苦劳作。为了不惊扰房东，父亲常常以掌代锤、以甲代刀，生怕弄出响动。遇有"不速之客"，又得马上把工具和材料收藏起来。父亲做好的营生，母亲走街串巷叫卖。

1959—1961 年三年困难时期接近尾声，政策有所松动。母亲抓住机会，带领小学毕业的大女儿在街上摆起烟酒食品的小摊子。母亲三天两头跑太原进货，大女儿一天到晚守摊卖货，再加上父亲做"私活儿"赚钱，家里居然小有积蓄。1962 年，父母顶着极大的风险和压力，花 1800 元在县城置办了第一处房产。这处院落坐落于城中街，是为老字号饭庄——聚仙楼，人称"饭铺院"，连房带院不足 200 平方米。

此前，我家已度过 10 年的租房生活，其中 9 年租住在城内村张效明家。上至他的奶奶，下至他曾孙，我们两家历经五六代交情。特别是在我们兄妹少不更事的时候，我家每遇大事，父母总要请他拿主意。

1957 年压缩城镇人口，家庭成员中除父亲有工作岗位保留城镇户口外，其他人的户口均迁回原籍兰台村。每年农忙季节，母亲即回乡参加劳动。在村里分得口粮、菜蔬、柴火都要托人捎回县城，我们也经常在县城和村里两头居住。

约 1962 年，在时任城内大队党支部书记李来成的帮助下，我们全家的户口迁入城内。我们姐弟先后在第三、第十和第十二生产队参加农业劳动，我还先后担任了小队会计和大队会计、统计。对一个无依无靠的外来小户，城内村村民予以接纳和包容。特别是大队书记郑仁亮、十二队队长齐金万、十队保管员韩补才以及东门街的邻里乡亲，从各方面给予我们无私的帮助，才使我们渡过了一个个难关并在城内村站稳了脚跟。

1973 年县文化馆扩建，"饭铺院"被拆迁。在时任县教育局局长郭贵荣、城内大队党支部书记郑仁亮等人的帮助下，给我家在县城东关另划 1 亩宅基地 1 块，新建两进 10 间土坯房，居住条件大为改善。

1976 年父亲从综合生产合作社提前退休，返聘于县饮食服务公司，专做（修）笼屉工作，直至 1980 年彻底脱离集体单位。

1978 年冬天，母亲凭着她的政治嗅觉，预感国家政策松动，及早重操旧业。父亲偷偷摸摸做"私活儿"，母亲走村串巷搞推销，后来推着小车明目张胆"摆摊子"。第二年，母亲从县工商局领取了全县第一张个体工商户营业执照，父亲也离开单位在家办起了小型工厂。父亲搞生产，母亲搞推销，一家老少齐上阵，生意越做越红火。

家里有了钱，母亲张罗着盖新房、买铺面。1987年花两万元在城中街从郑富全老人手上买下一处院落，次年进行了翻盖。之后，又在县城买下多处铺面以及楼房宿舍。

1989年9月3日，父亲终因积劳成疾，瘫痪在床，直至1998年去世，其间，失去语言和右侧肢体功能。父亲生病期间，母亲一边指挥我们照顾父亲，一边照样忙碌生意，直至86岁高龄时仍然坚持领导我们翻盖了东关的房屋。

父亲仅仅初通简单文字，母亲大字不识一个。如今，在我们这个大家庭中，已有4个研究生，10个大学生，5人具有高级技术职称，有的已经出国深造。

父母一生共生育11个子女，其中5个夭折，6个抚养成人。至2014年春节，我们这个大家庭共有成员31人。

长女润莲：从小协助父母照看弟弟妹妹、参与生意，到老照顾父母、关心小辈。其夫张圣发，曾任本县城关镇董村党支部书记。其女张倩，现居太原，在武宿机场工作。

长子登才：早年在家乡生产队务农，在县合作澡堂工作，在木材公司当工人，后在忻州地区、山西省物资流通部门工作，现任职于国家级行业协会，副研究员职称。其妻班月娥，先后在忻州、太原、北京工作，现居北京。他们育有一子一女。其子贺凯，北京交通大学硕士；媳任成霞，山西省介休市人，中央财经大学硕士；两人均在中央企业工作，现居北京。贺凯夫妇生二子：任远、任飞。长门之女贺靓，大学生，国外留学。

二女润婵：嫁本县西营村。其夫张万全，手艺人。其子张耐军，孙张高严。其女张静，中北大学毕业，现在安徽省芜湖市工作；婿石宏伟。

二子登科：创办法兰镀锌企业，任县政协常委，高级工程师，现居天津。其妻贾卫平，高级工程师，现居天津。他们育有一女一子。其女贺雅琳，天津大学硕士，现居日本；婿胡斯敏，江西南昌人，天津大学硕士，在丰田汽车厂工作，现居日本；外甥胡小年。二门之子贺大洲，天津外国语大学学生。

三子登伟：在村中任职，照顾父母。其妻韩秀萍。其子贺斌，北京科技大学本科毕业，在太原重型机械厂任职，现居太原。

四子登峰：主任医师，先后在忻州、太原、北京部队医院工作，现居北京。其妻杨彤丽，高级职称，先后在太原、北京从事医学教学工作，现居北京。其女贺杨眉。

母亲85岁（2013年）生日时，孙女雅琳曾撰一联：尔历皇太军晋绥军八路军浮沉过往；我自张箩子摆摊子教儿子风骨留香。横批：自强传家。

祭母文

（二〇一八年八月二十八日）

我们的母亲王喜安，于公元 1928 年 8 月 3 日（农历六月十八）出生在山西省定襄县西河头村，不幸于 2018 年 8 月 28 日（农历七月十八）在定襄城内离世。走完了她平凡而又伟大的 90 岁人生。

母亲幼时生长在传统的农家，尚未成年就遭逢战乱，不得安稳。15 岁嫁入兰台贺家，20 岁先后经历了母亲和婆母离世，过早地扛起了家庭的重担。她不顾日寇的经济封锁、交通阻隔，从县城往乡下贩卖染料、火柴等商品，暗中支持革命、微利贴补家用，周济乡邻。

20 世纪 40 年代末，正值社会变动，父亲在县城做工，伯父在国外断了音信，在艰辛的岁月里，母亲像男人一样支撑起整个家庭。

20 世纪 50 年代初期，社会安定，母亲随父亲迁居城内，开店从事笼箩营生。初来乍到，租房安身，连锅碗瓢盆也要借用。生活稍微安稳，父亲参加公私合营，白天在单位上班，晚上回家再做营生。母亲沿街叫卖，才勉强养活全家八口人。1962 年，终于在城内购得小院一处，谁能知道其中艰辛？

20 世纪 70 年代末期，改革开放传来佳音，母亲看准商机，我家成为全县第一个领取个体工商户营业执照的家庭。小作坊从地下转到地上，父母亲带领我们全家日夜劳作，诚信待客，改善生活，置办产业，一家人迎来光明。

1989 年，父亲积劳成疾，瘫痪在床，9 年后撒手人寰。母亲化悲痛为力量，抖擞精神，坚持出摊经营，终因体力不支，撤摊回家，卧床不起，但母亲仍然关心家中生意与膝下子孙。

母亲的一生，是辛劳的一生：经年累月，整日操劳，丝毫不肯放松。母亲的一生，是坚强的一生：不论战乱与和平，挫折与成功，把命运牢牢掌握在自己手中。母亲的一生，是智慧的一生：看破时局浪潮，笑对市场风云。母亲的一生，是伟大的一生：将四男二女抚养成人，虽然自己目不识丁，膝下儿、孙、曾孙钻研进修，学业精进。

举目四望，犹见慈母背影；俯首沉吟，常忆教诲谆谆。女子本弱，为母则刚。在动乱的年代里，她是支撑家庭的钢铁脊梁；在奋进的岁月中，她是激励子女的光辉楷模。我们在这里回忆母亲的点点滴滴，正是她的坚强意志，使我们懂得坚忍；正是她的伟大人格，给我们力量无穷；正是她的无私奉献，教我们怎样做人。

平凡而伟大的母亲，安息吧！

长子　登才　　媳　月娥

次子　登科　　媳　卫平

三子　登伟　　媳　秀萍

四子　登峰　　媳　彤丽

长女　润莲　　婿　圣发

次女　润婵　　婿　万全

二〇一八年八月二十八日

永远的思念

——深切缅怀敬爱的侯富成老师

（二〇二〇年六月十五日）

昨天晚上，我刚从外地返京。首都机场至居民小区一路戒备森严，刚刚放松的心情骤然收紧。一觉醒来，兄弟登科忽报恩师仙逝，本人不禁悲从中来，50 多年的往事止不住涌上心头。

我小的时候只受过 6 年的正规学校教育，受教的老师自然不多。五、六年级陪伴我两年的语文老师侯富成的学识和为人，影响了我的一生。侯老师是我县知名人士邢道三先生的弟子。2007 年侯老师写下《心中的丰碑——追记恩师邢道三》一文，详细记述了道三先生的事迹，表达了他的仰慕之情。作为道三先生的"高足"，侯老师为人师表，多才多艺，文学造诣颇深。

记得当年我们城关小学 43 班五、六年级时在一个大庙里上课。侯老师意气风发，上语文课时往往手舞足蹈，表情丰富，优美的词汇顺口而出，篇章结构一气呵成。有一年初秋，老师带领我们登上教室后面的城墙，观察高粱的生长情况。他把成片的高粱比作列队的"士兵"，把高粱穗比作红扑扑的"笑脸"，引起我们对写作的兴趣。本人特别爱上侯老师的作文课，半个世纪以文字为业，得益于老师当年播撒的"文学种子"。

老师发现我对作文的偏爱，即重点培养我。凡我写的作文，老师每次都会认真点评，并在全班讲评，拿到外班、外校交流，还要亲自配画，举办墙报展览。为进一步培养我的兴趣，侯老师把我的文章推荐到县小报社、广播站和《中国少年报》。我至今仍珍藏着报社 1965 年寄来的书签，上面写着"献给参加我们学习是为了什么小小讨论台的少年朋友们"，上面印着英雄王杰的头像和语录。正是在老师的精心培养教育下，我对文字的爱好逐步转变为一生的职业。这才有了从"黄土地"到"皇城根儿"50 多年的一路攀爬。老师当年给予我的"看家本领"，成为我人生道路上不断前进的强劲动力和事业发展的不竭源泉。

1996 年，我们原城关小学 43 班全体师生在县委招待所举办过一次毕业30 周年聚会。侯老师高兴地与我们团聚，会后写下《师生情怀》一文，刊登在县文联《花蕾》、地区报和省报上。2005 年正月初七，我和效贤、玉明，还有效贤的儿子一行四人来到宏道镇无畏庄村，拜见 40 年前的老师。老师的容颜已无法与 40 年前相比，但对我们的感情比 40 年前更加浓烈。他不仅很快认出我们每一个人，而且知道我们下一代的名字。之后，老师写了《面对门生乐在其中》一文寄给我。后来，老师已经行动不便。我们在县城聚会，老师热切盼望参加，结果未能成行。会后我们几位专程前往无畏庄探望，老师像当年一样喜出望外，依依不舍，给我们留下了深刻印象。

之后，老师带师母和儿孙辈来北京旅游，本人有幸接待。回去以后，老师寄来热情洋溢的信件，再次表达他的喜悦之情。后来老师搬来县城居住，我也抽空去看望过几次。我与老师爱子春光及其孙一直保持着联系。本打算今年元宵节回乡，再去拜见老师。无奈岁月无情，病魔无义，从家乡传来恩师驾鹤西归的不幸消息。

几十年来，老师与我的往来书信，我至今都保存完好。目睹微微泛黄的信纸、信封，既熟悉又亲切的笔迹，仿佛听到恩师的谆谆教诲、殷殷嘱托，不禁热泪盈眶，感慨万千。我们是老师倾注心血的"产品"，我们的身上留有老师的影子，我们的事业中有老师打下的"底色"。老师一生执教，育人无数。半个多世纪过去了，老师以我们为骄傲，我们为有这样的恩师而欣慰自豪。

敬爱的侯老师，安息吧。愿您在天堂一切安好！

2020 年 6 月 15 日于北京

匠人　能人　文化人

——我的老乡刘二哥

（二〇二〇年十一月二十三日）

我的家乡位于山西省北中部的一个小县城，这里三面环山，山清水秀，人杰地灵。在近现代史上，这里涌现出了阎锡山、薄一波等享誉中外的大人物，更有许多默默无闻、名不见经传，但同样值得大书特书的平头百姓。我所熟悉的刘二哥就是其中的一位。

匠人刘二哥

刘二哥本名刘会元，1948 年 8 月 5 日（农历七月初一）出生在山西省定襄县城内村的一户木匠家庭，家中兄弟四人，他排行老二。其父刘仁秀是远近闻名的好木匠，朴实厚道，沉默寡言，沉重的历史包袱曾压得他喘不过气来。母亲"秀嫂"自立自强，吃苦耐劳，具有极强的市场经济意识，即便在"割资本主义尾巴"的特殊时期，她也敢于带着孩子们上街摆地摊。

刘二哥自幼聪明好学，拿起书本过目不忘，成绩在全年级甚至全校名列前茅。然而，由于时代及家庭的原因，他初中毕业后便辍学回家，跟随父亲走村串户，干起了木匠手艺。

那时候的手艺人受人尊敬、令人羡慕。他们将做工赚的一部分钱上缴生产队以换取"工分"。他们虽然也是生产队的社员，但不用下地干活，免受风吹日晒，手头也会比农民和单位职工宽裕一些。在周围人家都勒紧裤带吃不饱饭的年代，木匠师傅一日三餐都能在东家吃饱。刘二哥在学习传承父亲技艺的基础上，勤动脑筋，不断琢磨，手艺不断创新长进。方圆十几里的人家，无论起房盖屋，还是结婚打家具，都想请刘二哥做工，以至于许多人家得排队等候。记得当年，我母亲为了请刘二哥做活儿，还与另一企图"加塞儿"的雇主发生过争执，经据理力争才得以如愿。

刘二哥做出来的活儿不仅美观大方，结实耐用，而且省工省料，能给东家节约不少成本。很多人家在上个世纪70年代请他做的家具，到了新的世纪榫卯结构依然严丝合缝，即便盖了新房也舍不得把旧家具换掉。刘二哥常说：家有万贯，不如手有一技；帮助别人就是成就自己。有了"好口碑"，回头客自然越来越多。

能人刘二哥

刘二哥不仅是技艺精湛的匠人，更是领风气之先的能人。1978年，年仅30岁的刘二哥嗅到了改革开放的气息，当年就组建了"卡锯"团队，成为当时县里独树一帜的"包工头"。"卡锯"技术，还是刘二哥随工队去太原做木工活儿时，一个偶然的机会，向沿海地区来太原打工的外地人学来的。刘二哥召集起20余人的团队，学会了修锯技术，也逐步了解到卡锯及其配件的进货渠道，生意越做越红火。有时候遇到长12米、直径近2米、总重十几吨的美国落叶松，刘二哥总是亲力亲为，不惧严寒酷暑，不怕吃苦受累，保质保量按时完成任务，以至于县内所有工程的制材业务都请刘二哥做，还吸引了忻州、太原以及大同的客户。

正当"卡锯"业务做得风生水起的时候，1983年，35岁的刘二哥忍痛放弃干了5年的"老本行"，转型进入公路运输行业。他贷款买了一辆德制

"依发"货运车，成为全县第一个拥有私家运营车辆的人。1985 年，县政府召开表彰大会，授予刘二哥"先进货运专业户"荣誉称号。随后，他又买了拖挂，组建了属于自己的运输车队。刘二哥跑车披星戴月不怕累，盘山公路不畏难，车匪路霸不惧险。晋北地区是远近闻名的"摔跤之乡"，刘二哥十几岁时就爱摔跤，曾获忻州地区冠军，是当地小有名气的"挠羊汉"。据乡人回忆，他能背起 500 多斤的石碑，遇到紧急情况，五六个年轻人也难以近身。凭着自己的诚实、智慧与勇气，刘二哥开辟了一条畅通无阻的"绿色通道"，道中人一提"定襄老刘"的车队，都会快速放行。于是，县内跑运输的个体工商户纷纷要求加入刘二哥的车队，后来，刘二哥又组建起了联运总公司，带领大家在致富的路上奔跑。

刘二哥勇于创新，不甘寂寞，天生就是敢于第一个"吃螃蟹"的人。定襄县素有"铁匠之乡"的美誉，改革开放以后依托锻造业基因，逐步发展起了出口法兰制造业。1990 年，刘二哥瞅准出口包装箱的商机，率先创办了法兰木箱加工厂。他带领团队制定了包装箱加工标准，成为第一家获得山西出入境检验检疫局认可的定点熏蒸木箱单位，市场占有率一度高达 70%，成为同行翘楚。目前，全国 70% 以上的出口法兰出自我县，法兰成为定襄的支柱产业。

随着中国加入世界贸易组织，能人刘二哥看到了更加广阔的国际市场。于是，他向有经验的各类师傅虚心求教，找来专业资料认真钻研，熟悉各个国家的标准和技术要求，同时，聘请了专业技术人员，于 2003 年创办了法兰出口企业。结合世界风云、国家政策和当地文化，刘二哥制定了"诚信为本、合作共赢、务实创新、放眼世界"的公司宗旨。他的二儿子华伟赶上了改革开放的好时代，毕业于名牌大学，在父亲的熏陶下，有幸成为中国入世谈判核心人物的开门弟子，在国际业务开拓方面如鱼得水，助力刘二哥的出口企业从家乡的小县城跨越了太平洋。

文化人刘二哥

匠人刘二哥、能人刘二哥，源于深厚的文化底蕴、广泛的兴趣爱好和好学上进的积极心态。他小时候没钱买书，经常四处借书来读，中外古典名著多有涉猎。年轻时虽然辛苦劳作，刘二哥也会挤出时间练习书法，每逢春节或遇上婚嫁丧娶、盖房庆贺等，周围邻居和朋友都会找他写对联，他总是乐此不疲。刘二哥年轻时，由于环境的束缚、生活的压力，没有机会进一步深造，但是稍有空闲，他就去县里的文史馆，向当时文史馆的负责人——当地的文化名人邢道三老先生请教。刘二哥极高的悟性、谦逊的态度，深得道三先生喜爱。先生不仅亲自指导书法，还多次以墨宝相赠。刘二哥虽然未能进入正规大学，但他在社会大学学到的专业知识和文化能力远远超越了一般的硕士、博士或博士后。

子女相继成家立业后，步入晚年的刘二哥也就做起了自己最喜欢做的事情：看书写字，研究中医，修身养性。尤其在书法方面，他已经有了相当的造诣。他把一些经典作品，如《弟子规》《三字经》《千字文》《朱柏庐治家格言》《草诀百韵歌》《百家姓》《前出师表》《后出师表》《兰亭序》等用真、草、隶、篆等字体写了将近 300 幅。这些作品，一笔一画都融入了刘二哥跌宕起伏的人生经历以及对具体文字含义深刻、独到的理解。在学习借鉴前人的书法中，又融入了自己坚韧不拔、刚柔并济、持之以恒的拼搏精神；他的笔画收放自如，是历经磨难的人生后，对生活的一种豁达与释然；他的书法浑然大气、遒劲有力，自成一体，是在写意人生，也是在感悟生命。刘二哥书写的每一个字都力透纸背，赋予了其独特的生命力、冲击力与现实感染力。特别是毛笔字小楷，很难想象那么隽秀的字竟出自长期从事苦力劳动、长满厚厚老茧的手。

作为文化人、农民书法家，刘二哥将作品《双绿中国梦》赠予了联合国全球教育特使、英国前首相布朗先生；《厚德载物》赠予了入世首席谈判代表龙永图；《合作共赢》赠予了中石化集团前董事长傅成玉先生。他的作品受到联合国前秘书长潘基文、德国前总统伍尔夫等国际政要的青睐，并多次作为中外文化交流的佳品被众多国际政要及友人收藏。

匠人、能人、文化人刘二哥一路走来，成为黄土地上的农民乘着改革开放的东风创业创新的一个缩影。他将技术和艺术，体力劳动和脑力劳动、创造性劳动融为一体。以文化人的底蕴做匠人，以匠心把书法作品写在祖国的大地上，以弄潮儿的心态追逐时代的浪潮。是时代潮流造就了刘二哥，是博大精深的中华文化滋润了刘二哥，是家乡的黄土地养育了刘二哥。

我热爱当今社会这个伟大的时代，热爱生我养我的家乡热土，更爱家乡的父老乡亲。

（此文是为老乡刘会元的《刘会元书法作品集》写的序）

家乡事

合作澡堂与定襄洗浴业

（二〇〇七年七月一日）

　　说起定襄的洗浴业，不能不提到合作澡堂，这是我县第一家营业性浴池；也不能不提到齐沛藻这个人，他是我县公共洗浴事业的开拓者，大家亲切地称他为"老齐"。

　　新中国成立以前，定襄百姓没有洗澡的习惯，也就不存在公共浴池。20世纪50年代初期，藏孤台村的齐沛藻从口外回到定襄，创办了县内第一家公共浴池，当时叫"大众澡堂"；公私合营后，更名为"合作澡堂"。其间，父亲带我去洗过几回澡，洗澡之后的清爽与快意成为儿时的美好回忆。1966年，"文革"兴起，13岁的我辍学在家。因父亲所在单位与合作澡堂同属"手工业综合社"管辖，且当时澡堂正缺人手，所以就得到老齐同意，当年8月25日，我与西关的张天明一起进入合作澡堂。澡堂是我人生道路上的第一个"单位"，老齐也就成了我的第一位"领导"。

　　当时的合作澡堂坐落于西门街末梢，据说原来是一家叫"公义生"的"缸房"（酒厂）。西关出去，就是"演武厅"，曾经做过刑场，犯人路过缸房要喝最后一碗酒。老百姓中有句传言，好像是"喝了公义生的酒了"。我小的时候，每当听到这些还有些害怕。澡堂的"骡门"坐北向南，照壁后面有正房四间，西房四间，东房五间。正房用作营业室，正门上书对联一副，是邢道三先生的亲笔："清水洗去陈污垢　出汗换来新精神"。放在此处，贴切不过，以至几十年以后我仍难忘怀。进入营业室，正面墙上是齐斗南先生所书毛泽东的《沁园春·雪》。每当客人来时，老齐只要有空，总要眉飞色舞地朗诵一遍，深入浅出地讲解一番。久而久之，我们这些"小徒弟"自然耳熟能详。营业室往右，即进入东房，三间晾澡房，一间浴池，另一间充作烧水的锅炉房。西房有两间是老齐及老伴和孙女一家三口的卧室。

平时，洗澡的人并不多，合作澡堂每个月只有 15 天营业，一般是逢六开澡，一开五天（其中男 4 天，女 1 天）。我们这些临时工，每次上六天，每天的工资 8 角，每月工作 18 天，可得 14.40 元。农历腊月是澡堂的"黄金季节"，人们排队等候，澡堂延长营业时间。一天之内，上百人共用一池水，清洗浴池时沉淀的"黑泥"能有几寸厚。一到开澡的日子，我们每天六点上班，烧水、打扫卫生，八点开始接待客人，一直到晚上八点停止营业。之后，还要换水、清洗浴池、结算当天的账目，老齐如果有兴趣，会给我们讲许多有趣的事情，晚上十点左右我才回到家。如果做错了什么事情，比如丢失一条毛巾，就会遭到老板的训斥。现如今的孩子恐怕没有人愿意干这个营生。据我的记忆，先后在合作澡堂干过临时工的人除我和天明外，还有城内的韩晋林、邢补全、张生文以及傅海林家的三兄弟，西关的张天龙兄弟等。最后，只有张生文和傅家老三从澡堂"熬"成了饮食服务公司的"正式职工"。

本人在澡堂断断续续工作了近 3 年，其间经常来洗澡、给我留下深刻印象的有定襄中学的郤云龙、冯宪明老师，小报社的刘沫如等。他们来了之后，总要给我讲许多做人的道理，告诉我学习的重要性；崔家庄的老智，虽说是农民，但见过世面，差不多每次开澡必来一次，喜欢水热些，一泡就是大半天。

说来也怪，老齐的名字当中有个"藻"字，结果与澡堂结了不解之缘。有人跟他开玩笑"沛藻""沛藻"，全赔到澡堂去了，他自己也直打"呵呵"。想想当初，在一个没有洗澡习惯的地方开办澡堂，需要多大的勇气与耐心。到后来，所谓的合作澡堂，我们并没有见过任何一个"合作"方，全靠老齐一人操持。澡堂的所有花销，都是从澡堂的收入中解决。如有盈余，一分不差交回上级主管部门。

我们刚去的时候，澡堂的设备十分简陋。其实就是用吹风机将两口大锅的水烧热，再放到另外一个水池当中去。每天换掉的水只是其中的一部分，只有停止洗澡后，才能彻底换水。大约1968年的时候，老齐组织了一次对澡堂设备的"大改造"。他不知从哪里找来一台废弃的旧锅炉，把"大锅烧水"改为"暖气吹水"，可以做到天天换水，还装了淋浴和洗面盆，成为当时县城的一件新鲜事。参与改造的技术人员有王福成、赵文勇、刘七王等，南关吴元贵成为第一位锅炉工。

1969年4月，老齐的"徒弟"们全部遣散，我也因此离开了合作澡堂。后来，澡堂归入饮食服务公司，再后来，因拆迁停业。如今，我县虽然没有"国营"或"集体"性质的营业性澡堂，但私人开办的"家庭澡堂"已遍布城乡，仅一城三关就有30多家，还有桑拿等高级洗浴场所。不少人家在盖新房时都要考虑卫生设施，足不出户就能随时洗澡。那种"一年洗一回澡"，甚至"一辈子也不洗澡"的历史一去不复返了。回顾定襄洗浴业发展的历史，齐沛藻创办的合作澡堂应该留下一笔。

刻骨铭心城内村

（二○○八年五月二十二日）

我于 1969 年 4 月回定襄县城内村务农，直至 1974 年 12 月入县木材公司做临时工，其间与城内村村民朝夕相处了 5 年多，留下了许多刻骨铭心的回忆。

城内村处于县城东北角，主要集中在东门街以北，工农街以东以及东关一带，当时属于城关公社城内大队。我大概记得，全大队有户籍人口 1980 人，土地面积为 2244 亩。每年产粮 120 多万斤，经济总收入 20 多万元。人均口粮 400 斤左右，每工每日平均工资在 0.8 元至 1.2 元之间。集体经济水平在全县属于中等偏上，但社员们的生活还是比较艰苦。

我于 1953 年 8 月生于本村傅家街福字巷，1966 年夏天从城关小学毕业，随后进入县城合作澡堂做了两年多临时工。1969 年 4 月回到城内大队第 10 生产队，当月就当上了记工员。记工员是个兼职岗位，除了正常参加劳动，每天晚上还要到饲养处给社员们记出勤，到年底核算公布，每天有 1 分工（10 分为 1 个工）的补贴。

因为年龄小，干不了重活儿，队长就指派我跟随老菜农赵元在菜地干活儿。赵元是一位勤劳朴实的农民，年轻时由赵家营村迁居城内，一生如他的名字，以"照"料菜"园"为生，乡亲们称他为"元爷爷"。元爷爷的老伴儿当时也是快 80 岁的人了，依然裹着小脚下地干活儿。他们老两口有两个儿子，大儿子名叫能才，我们叫他"憨狗叔"。憨狗叔不善言辞，特别能"受"。为了养活一大家子，他白天在生产队正常出勤，黑头早晚还去起城砖、刨石头、跑运输。后来，憨狗叔受到不公正待遇，与世无争的他最终也没能赶上改革开放的好时机。

那时候的人，不怕"受"。我们队有个叫韩存文的小伙伴，人们叫他"小韩二"。小韩二小小年纪最喜欢的东西竟然是小平车。然而，小平车是生产队的生产资料，岂能归个人所有？没有小平车没关系，我们还有两只手。在生产队劳动之余，我们利用早晨、晚上或下雨天，联络刘补存、韩贵文等小学同学，在色织厂后面的城墙上开辟了自己的"工地"。主要工作是，把压在上面的糟土和瓦砾掀开，找出下面的城砖和石头去卖钱。当全家人还在熟睡的时候，我已经和小伙伴们相约来到"工地"，后来贵文还找来他的本家叔未喜。未喜叔虽然行动不便，但毕竟比我们有经验。一个夏天，通过"干私活儿"，我们每人竟然得到了70多元的收入。

大牲畜是生产队的"半份家当"，青黄不接时要靠后生们来伺候。白天，我跟着韩明珠、薄守文、韩补旺、郝三毛等几个"大后生"，还有韩贵文、张志文、张志明等小伙伴去"碱滩儿"割草。别人半天就能割100多斤，我却一天也割不了三五十斤。有时候，早上出去，一直到下午四五点钟才能回来。中午时分，后生们开始"精神会餐"。这个说我能吃5碗"大片儿汤"，那个说我能吃10个"黄烧饼"，你来打赌我来做证，往往只是空欢喜一场。晚上，我们又加入"放夜"的队伍。把牲口的缰绳和它的腿拴好，扔到草滩子里头。后生们每人两条麻袋，一条从头上套下来，一条从脚下穿上去，往渠埂或地堰上一躺，立马进入甜蜜的梦乡。

到了冬天，地里的活儿不能干了，我们便加入了"偷粪"的行列。那时候，人粪尿是相当值钱的东西。人们戏称，一个"街茅子"的收入，就够一个老人"吃"一年。比我大20岁的韩补财、比我大10来岁的韩贵田，我们三人组成一个小组。等到机关单位中午吃饭的时间，我们就拉着小平车赶紧

"溜"进去。找到厕所后，撬开后门门锁，我就迅速跳下茅坑。先用撬棍把冻僵的人粪尿撬松，然后用铁锹扬出地面。补财叔和贵田哥在上面接应，最后把炉灰渣盖在上面，送往生产队积肥点，我们就把一天的"工分"给挣了。

转年3月，工作队要我来接任小队会计，我妈死活不肯。工作队的干部说："家庭出身不由人，革命道路自己选。现在党给你指出一条革命道路，你不走吗？"在这种情况下，我才接下了队会计的钥匙。韩顺喜是我们队当时的队长（为区别于住在西面的同名人，我们就叫他东喜伯伯），韩补财接手保管兼出纳。1970年3月16日，我们一起走马上任。当天，我与韩补财和东喜伯的大儿子韩贵田一起清点了队里的仓库。之后，队里指派我到大队财务专案组去实习。当时有段补福、乔秀珍、刘秀英等人，还有一位叫郭炳彝的老先生，我从他们那里学到了一些初步的财务知识。

1970年9月，我村的财务管理体制进行了重大改革。大体做法是，小队核算、集中办公。当时，我们大队分为12个小队。改革前，每个小队都有自己的会计、出纳，且都是在家里兼职工作。改革后，撤销了各小队原有的会计和出纳，重新设立了3名专职小队会计和1名专职出纳（统管人小队的事务），大队设1名专职会计和1名专职统计（兼任大队记工员）。这6个人组成大队财务组，每天到大队"上班"。

现在看起来，这项改革还是必要的，也取得了积极的效果。一是在维护"队为基础"的核算体制的前提下，保证了大队财务工作的集中统一管理，提高了财务工作的公开性和透明度。二是通过优化人员选择，集中了素质相对较高的财务人员，较好地解决了各小队会计人员素质参差不齐的问题。三是减少了劳动力占用，有利于实现财务人员的专业化，进而提高核算的准确性和及时性。在这次改革中，进驻我村的工作队员、来自县财政局的李月明同志起了主导作用。后来，我们大队财务管理改革的经验还被整理成材料，在全县进行了总结推广。据说，这种管理体制一直延续到人民公社解体。

我们大队财务组好像是在 1970 年 9 月 21 日正式组建的。大队会计一职由郑祖仁继续担任（1971 年由大队修理部会计李存富接任；1972 年由我接手）。原 2 队会计乔胜英出任统一的出纳员，原 1 队会计刘秀英负责 1 至 4 队的会计工作，原 5 队会计李培连负责 5 至 8 队的会计工作，原 9 队会计张林茂负责 9 至 12 队的会计工作，我本人交出 10 队会计的职务，转而担任大队的统计员兼记工员。

当时的大队部设在财神庙正殿里。东面里屋有 1 间，我与祖仁叔共用一张大办公桌，面对面办公；外屋有 2 间，其他 4 位分成 2 组，配备了新的办公桌以及保险柜。现在回想起来，我们当时是一个很好的工作团队。这里边，我的年龄最小，处处得到大家的指导和关照。特别是祖仁叔，他毫无保留地教我财务会计知识，还滔滔不绝地讲述自己的人生经历和对世事的看法。虽然我与他直接相处的时间不长，但他的许多思想观念对我产生了深远的影响，而我当时因为涉世未深，没有给他提供应有的帮助，这让我深感遗憾。

我最后一次见到祖仁叔是 1971 年 1 月 18 日深夜，他给我安排工作并表明了自己的心迹，表示等当年的账务结束后就不再干了。我们分手时，大街上只出现了一张针对军宣队的大字报，其中只有一句话提到他。我只记得那天晚上漫天飞雪，天气冷得出奇，一行深深的脚印留在雪地上，那是祖仁叔留给我最后的记忆。

当时的农村财务采用收付式记账法。大小队会计一般使用 4 本账。一是现金日记账，主要记录现金流量。二是往来账，主要记录与相关单位及各户社员的经济往来。三是分类账，分为农林牧副渔业收入及支出，还有购置维修费及管理费支出等情况。四是总账，用来记录总的收支情况。每年需要向上级提交两份重要报表：一是收益分配表，填写各项收支金额和分配情况；二是粮食分配表，主要填写粮食总产量、公粮、储备粮、种子、饲料粮、口粮和工分粮。小队的两份报表经大队批准后才能分配，大队的报表要经公社批准。为方便结算，每年的经济收支和社员工分到 11 月底截止，留出一个月作为结算时间。当时，城关公社的主管会计和统计员是梁贵全。我们城内大队的报表每年总是在 12 月 31 日前报出，常常受到他的表扬。

现在回想起来，许多人在极端恐怖的情况下，顶着巨大的政治压力，给我以关心和帮助，令我终生难忘。特别是"忘年之交"——郑仁亮、齐金万和韩补财，他们恰好都比我年长整整 20 岁。在我最无知、无能、无助的时候，他们给予了我无私、无畏、无任何代价的帮助。亮叔不仅在政治上保护我，而且在生活上关照我。我们家"揭不开锅"的时候，是他亲自批准借粮；当我结婚的时候，是他主动把缝纫机购买指标让给我家；当我们家的房屋拆迁的时候，又是在他的帮助下批地建房。特别是在历次政治运动中，亮叔受我牵连，替我受过，后来又保护我脱离大队。金万叔在我家一度走投无路之际，把我们全家接到他所领导的 12 队，使我们的工作和生活环境得到极大改善。补财叔一家，在我受到运动煎熬的时候，不断给我通风报信，给予我极大的安慰和鼓励。后来，补财叔夫妇又把他们的外甥女介绍给我为妻。在当时我们家成分不好、弟兄多，特别是我本人正在经受严重考验的时刻，他们需要多么大的决心和勇气啊！

在这 5 年多的时间里，我得到了太多人的帮助。大队看门人白连灯，我与他一起在大队部住过一个秋天，他还会留饭等我回来吃。庄稼把式杜新民，人称"杜二"，直到分田后还帮助我家耕种口粮田。队长高二狗、副队长安能章体谅我身小力薄，总是把较轻的活儿安排给我做。农友高绵广在劳动之余，连夜帮助我家糊顶棚。文友张林茂、韩正明、李爱民等，常常与我聚在一起切磋文化。特别是 1973 年我们家建房的时候，曾经有 80 多人参与劳动，如韩明珠、张生、梁贵、郑志毅、樊续礼、李计有……许多人的名字我已经记不清了，但仍然能够想起他们善良的面孔。

1974 年 5 月 18 日，受当时政治气候的影响，我被迫离开大队会计、统计的工作岗位。之后，我在 12 队干了差不多半年时间。1974 年 12 月 25 日，我进入定襄县木材公司，成为一名临时工。之后，我乘着改革开放的春风，于 1983 年离开定襄，1991 年离开忻州，1998 年离开太原调入北京工作，至今已有 10 年。

　　30 多年过去了，我在城内村度过的那 5 年成为我终身受用的财富。我常常在梦中与城内村的父老乡亲相会。

关于发展我县乡村休闲旅游业的建议

（二○○九年三月）

一、案由

随着经济的发展和人民生活水平的提高，我县群众对休闲度假旅游的需求日益增长。同时，我县拥有许多独特的自然景观和人文景观，但这些资源尚未得到充分开发利用。发展乡村休闲旅游业，对于扩大内需、增加农民收入、推进城乡一体化建设、提高我县人民的物质和精神文化生活水平，具有重大现实意义。

二、依据

我县待开发的旅游资源相当丰富。最近一年多来，我们利用周末和其他业余时间在方圆近百公里内，对我县的山山水水进行了实地考察，发现了许多尚未开发的自然景点。例如，红叶谷、七彩坡、沙坡山、西沟、大湾、芦苇地、百泉交、一线天、野猪林、仙人桥等。此外，还有明代的古栈道等人文景点。这些景点与国际、国内的著名景点相比，具有纯天然、没有任何人工雕琢、无污染等特点，更有其独特之处，极具休闲旅游观光价值，但目前还处于"养在深闺人未识"的状态，一旦开发利用，前景十分可观。

人民群众休闲旅游的愿望迫切。改革开放以来，我县群众的生活水平有了很大提高，闲暇时间增多，加之交通、通信等条件的改善，大家外出休闲旅游、观光度假的条件基本具备。许多居民不仅参加旅游团队外出，还在外地购置专门用于旅游度假的物产，还出现了郊游协会等民间组织。协会活动的规模不断扩大，频次不断增加，带来了越来越强的示范效应。可见，我县人民群众不仅具有参与乡村旅游的经济基础和思想意识，而且自主愿望越发强烈。如果加以适当组织，县内乡村休闲旅游极有可能形成相对普遍的"热潮"。

开展乡村休闲旅游的条件明显改善。随着我县村村通公路工程的不断完善，我们考察过的许多景点的道路基本开通，有好多景点不用大的投资即可投入使用。随着居民收入的不断提高，我县私人小汽车拥有量不断增加，为外出旅游特别是短途旅游创造了条件。乡村休闲游花费不多，时间弹性大，忙人、闲人、老人、年轻人都可参与，具有广泛的群众基础。

三、建议

建议县委、县政府在注重已有旅游项目的基础上，重新认识和统筹规划全县的旅游产业，积极发展自然、生态休闲、健身旅游项目，在为外来游客提供优质服务的同时，满足县内居民日益增长的旅游需要。

建议我县在今后的公路建设中充分考虑旅游景点连片的经济要素，把公路建成环形。这样不仅能使村与村的资源得到充分利用，更能使全县的旅游资源发挥整体效应。

建议参照外地的做法，鼓励开发"农家乐"项目。允许当地农民在统一规划的前提下，在适当的景点周边建设旅游服务设施，经营旅游服务项目。政府应在项目审批、规划设计、土地使用、税费政策等方面给予优惠，鼓励其发展。

建议政府尽快开发西沟旅游风景区。通往景区的道路已基本开通，只需再建停车场和对部分危险路段加修栈道，这将成为定襄周围少有的优质景点之一。

建议统筹谋划相关产业。建议组织专业队伍到我省的绵山和河南云台山参观考察，借鉴成功经验，结合我县实际，统筹谋划交通、通信、旅游、农业以及法兰产业，以开放的理念来发展我县的旅游业。

本提案得到了定襄郊游协会的技术支持和广大政协委员的帮助，特别是兰主席的关心，在此我们深表感谢！

2009 年 3 月

（我弟登科曾担任县政协委员、常委，市政协委员，每年都由他选主题、提供素材，我帮他修改定稿。择优选择几篇收入本书作为纪念）

关于 2011 年我县中小企业发展战略的建议

（二〇一〇年十二月十七日）

近年来，我县积极推进产业结构调整，实施转型发展、跨越发展战略，已取得明显成效。从今年年终中小企业的经济效益分析和全年完成的生产任务来看，我县大型环件生产业务量已占到整个锻造行业业务量的50%以上。

最近，国家对我省批复综合配套改革试验区，我县中小企业面临新的发展机遇。结合县委、县政府近年来对中小企业发展的战略部署，为抢占有利时机，我县应尽快实施以下五大战略：

第一，人才发展战略。

人才严重缺乏是制约我县经济发展的关键所在。近年来，我县中小企业固定资产不断扩张，升级换代速度加快。这就从客观上对各种实用性、复合型人才提出了更严格、更专精的要求。然而，我县处于偏远区域，很难招聘到企业急需的各类人才。为此，建议政府在大力推进招商引资的过程中，把引智、引专家、引人才、引管理、引技工放到一个突出的位置上来。建议突破现有教育体制的限制，将创新思维引入教育、市场、竞争机制，尽快开办类似于南王技校的职业教育机构，重点培养中级、初级机械、锻造、焊接、热处理、数控机床、金属材料等热门专业人才，对初中毕业后的隐性失业人员以及周边县市的失业人员进行专业教育、技能培训，为我县锻造企业提供更为充裕实用的操作性人才。

第二，节能环保战略。

当前的重点是要加快工业炉窑技术改造步伐。由于锻造行业的特殊性，工件加热的方法不仅是一个技术、环保与质量问题，而且是一个提升产品价格竞争力的关键问题。根据国家出台的综合改革方案，我省将在煤层气、焦煤气、天然气使用方面出台有别于其他省份的特殊优惠政策，建议县委、县政府抢占先机、找准项目，由专家牵头，尽快提出我县的节能减排、低碳环保、可持续发展的战略，使之纳入山西三气开发利用的大项目、大规划中，争取国家资金的支持。在工件加热的技术转型过程中，我们还应该注重引进和吸收先进国家的技术和经验，从而使我县的锻造加热尽快提升到国际领先水平，真正实现转型发展、跨越发展。

第三，政策扶持战略。

在用地方面支持中小企业加速发展。由于锻造、法兰、锻件、机加工行业专业性强，对专业化、社会化分工、产品流转等环节有非常鲜明的个性需求，这就从客观上创造了产业集群的有利条件。虽然县委、县政府在产业集中度上花费了很大的力气，但最终还是因土地政策制约，几年来难以突破这个瓶颈。建议政府根据国家出台的综合改革方案精神，抓住我省对土地使用政策有所松动的有利时机，对我县的芳兰工业园区进行更为前瞻性、国际先进性的大规划、大设计，从而使我县的工业锻造园区达到国际领先、国内一流的水平，具体办法如下：

（1）尽早争取国家土地使用的创新性、创造性优先实验区的特殊优惠政策（天津滨海新区就有工业用地上的先进经验和可操作办法）。建议政府，特别是战略决策层对外进行学习、考察，重新拟订符合我县中小企业发展的用地方案，尽早争取到土地使用优惠政策的优先试验权。

（2）尽快与国内、国际上大的上市公司、投资公司进行有效对接，制定外部资金引入机制、资本运营机制的投资战略，例如电力投资、燃料投资、钢材投资、物流投资、地产投资等，使我县成为投资密集区、产品密集区、税收密集区、效益密集区，率先成为忻州市新型工业投资产业的实验区。

（3）出台鼓励性政策，大力扶持、加速发展中小型锻造企业。20 多年的实践经验告诉我们，锻造企业的大型化与众多中小企业的基础支撑息息相关。没有中小企业的基础支撑就不会有大型企业的快速成长。因为中小企业在质量控制、产品转型、成本降低、资金利用等方面有独到的优势，也是吸纳就业、提高农民收入的最佳途径。实际上，我县大企业的贡献率是小企业价值的转移。

（4）物流新概念提升锻造产业。现代物流业是先进的经济运行模式。它能将生产要素、资金投入、打造品牌、分割市场进行整合，起到引领和带动作用。具体建议邀请物流咨询公司进入我县进行实地考察，根据我县实际情况结合综合改革试验区的有利政策，制定一个具有国内先进水平的物流规划方案。尽快引进物流企业，抢占先机。利用我县机场、铁路，特别是高速公路（二广高速、兰津高速、环城高速）的独特优势，使我县成为京津经济圈、环渤海经济圈与西部大开发的物流节点，成为我省西北乃至全国的物流集散地，从而达到转型发展、跨越发展、率先发展的目标。

第四，循环经济战略。

根据我县目前的产能规模，锻造企业每年所产生的钢屑、氧化铁、氧化皮等废料在 35 万吨以上。利用边角废料大力开展以废铁冶炼、连铸、连轧、连锻、连冲的技术进行的二次循环再利用，使之成为真正意义上的循环经济。利用工件加热的独特优势，大力发展余热利用，使之成为我县集中供热的新亮点（以村为单位）。加快发展炉灰制砖技术，倡导推广使用粉煤灰墙体材料，变废为宝，形成良性循环的再利用模式。使我县的锻造循环经济达到国际领先水平，争取成为我国循环经济综合试验的优先试验县。

第五，技术开发与创新战略。

在鼓励企业不断采用新人才、新技术、新材料、新设备、新管理的基础上，政府应与全国乃至全世界的锻造前沿科学技术机构进行有效对接。不断指导、帮助企业在产品开发上抢占国际、国内市场，提升产品科技含量，增强产品竞争力。同时，鼓励企业在注册商标、专利发明等知识产权上下功夫。质量技术监督部门要提升检测手段与技术装备，使我县的质量技术监督部门成为全国一流的锻造产品检测权威机构。

以上是本人基于多年来从事锻压行业的亲身感受，结合国际、国内市场迅速发展变化的新情况，根据国家对山西省综合配套改革试验区的政策而提出的一些不成熟建议，主要针对 2011 年我县中小企业发展战略。

由于本人在文化理论水平、实际调研考察、专业技术水平等方面存在一定的局限性，所提建议在全局性、系统性、可操作性上有不妥之处。恳请各位领导、委员批评指正。

2010 年 12 月 17 日

关于"忻定同城化"的实施建议

（二〇一一年八月十七日）

在忻州市"十二五"规划纲要中，明确提出了"忻（府区）定（襄县）同城化"的目标。这个目标基于忻定两城区地理位置、经济结构和社会发展的需要，符合科学发展主题和转变发展方式主线的要求，应作为我市经济社会发展的重大战略。这一目标如能实现，不仅能造福两区县人民，而且会对全市的经济社会发展发挥重要的引领和带动作用。现就"忻定同城化"，特别是定襄县如何适应这一要求提出以下建议：

一、推动经济互补发展

近年来，由于忻州市委、市政府对经济发展的高度重视，忻府区的城市建设迅速发展，特别是在房地产开发、公共设施建设、社会服务业、文教卫生等方面取得了引人瞩目的成绩；而定襄县是忻州市范围内中小企业发展最为活跃的地区，特别是该县的锻造业已形成国家的重点产业集群，并且被列入山西省"十二五"规划。忻定同城化如能实现，将充分发挥两地的经济互补性。为此，建议"十二五"期间，在大力发展中小企业的过程中，在引进重大工业项目上给予定襄县优先扶持的政策倾斜，使忻府区与定襄县形成互为依存、互为促进的经济发展战略同盟，使两区域在科学发展、转型发展、跨越发展、为山西的发展做出更大贡献上形成合力。

二、发挥地域结合优势

忻府区距定襄县城仅 20 公里，从两地的地理位置和经济联系来看，应该统筹城镇化的发展。第一，要从忻定同城化的角度考虑，明确忻府区政府所在地向东、定襄县城向西以及市级行政办公机构东移的发展方向，以便逐步实现忻府区、定襄县城的对接，构成忻定"核心城区"。第二，要加快忻府区、定襄县城沿线的开发，特别是东楼、义井、智村、杨芳等重点村镇要加快建设，尽快形成"忻定经济新走廊"。第三，加强沿边坡大村镇建设。把河边、宏道、忻口、顿村、奇村、董村、南王、蒋村等村镇建设成两地城镇网络的重要节点，促进山区、半山区人口向这些城镇有序转移。第四，要更好地发展城镇之间、城乡之间的经济联系，完善城镇功能，发挥城市群和城镇连绵区的聚集效应，促进人口和生产要素在两地范围内合理配置，实现城乡经济社会共同进步，让两地人民共享经济同城化带来的实惠。

三、优化产业、资源配置

统筹城乡生产力布局，优化整合行政资源。要打破行政壁垒，根据两地产业发展现状，定襄县应优先发展以锻造业为主的制造业，发挥产业集群优势；忻府区应大力发展以商贸流通业为主的服务业，扩大辐射面。要统筹规划和布局各种基础设施，促进基础设施之间的配套和协调发展，避免重复建设而造成浪费。重点要抓好基础设施建设和重大项目的布点。对生态环境、基础设施、产业布局要统一规划，共同加大对现存散、乱、污染问题的治理力度。

四、促进交通网络联接

统筹基础设施建设，形成统一的公用事业网络。一是加强公路网统一规划和建设。从长远来看，忻定盆地应该形成"一路、一环"的总体格局，即河边—奇村"一路"，沿盆地周边"一环"。当前，首先要拓宽两地间的通道，按照市区道路的规模来建设，保证 20 分钟两地直达；环路建设的当务之急是沟通和连接县界公路接口，形成"1 小时经济圈"。二是建设覆盖两地城乡的物流配送中心，对两地企业、村镇实行统一配送，调整和优化物流环境，实现社会化物流服务。三是建设统一的城乡煤气供应网络、污水处理系统，完善供水、供电、电信网络和服务体系。四是建立两地共用的公共信息平台，推进两地信息化建设。

五、统筹人力资源利用

统筹劳动力资源开发，建立统一的劳动力市场。两地应该从宏观政策层面统筹考虑，从根本上为下岗职工再就业和农村劳动力转移寻找途径。要改革城乡分离、两地分割的户籍管理制度，取消对农民进城就业的限制性规定，逐步统一两地城乡劳动力市场。两地应建立统一的劳动力培训认证体系和社会保障体系，培训证书、就业证明、劳保待遇等两地互认。

六、共享文教卫生事业

建立统一的文化、体育和教育机制。两地的优质教育资源、重点中小学向两地人民对等开放，组织城市师资到农村定期支教，尽快提高教学质量和教育水平。统筹考虑两地的卫生资源，发展专科医院，扶持村镇和社区医院。统一组织文化艺术演出、展览等文艺活动，组织和承接大型赛事，发展摔跤、武术等传统优势项目。

七、便利行政认证、认可

在工商、税务、土地、食品药品监督、安全生产等行政执法领域，执行统一标准，互相认证认可，最大限度为老百姓办事提供方便。

八、建立协调推进机制

建立统一的政府部门间协调推进机制。两地同城化建设，涉及政府工作的方方面面，建立统一的协调推进机制。建议由分管副市长牵头，两地各派一位高层领导担任副职，吸收相关的部门负责人参加，组成协调推进机制，制定一体化推进总体方案，共同研究解决推进中出现的问题。

推进忻定同城化，实现城乡经济社会协调发展，是我市"十二五"期间经济社会发展、全面建设小康社会的重大战略举措。我们既要发挥政府在公共产品供给与配置、国民收入再分配或转移支付中的重要作用，又要充分发挥市场机制对经济社会资源的有效配置作用。同时，两地经济一体化是一项长期而又艰巨的任务，需要付出艰苦努力。只要我们明确目标，突出重点，先易后难，稳步推进，就一定能够实现两地经济共同发展、城乡共同富裕的战略目标，并可为全市经济社会发展起到示范和带动作用。

2011 年 8 月 17 日

贺 信

（二〇一三年四月二十三日）

尊敬的薛喜来会长并家乡物流界同人：

欣闻忻州市物流协会成立，深感可喜可贺。谨代表中国物流与采购联合会、中国物流学会并以我个人的名义，向忻州市物流协会致以热烈的祝贺！

忻州市人杰地灵、物产丰富、交通便利、尚武崇文，自古为晋北锁钥、物流要冲。忻州人民的祖先曾走西口、跑内蒙，积淀经商传统。如今，借助改革开放东风，理当打开锁钥，东出西进，使物流一路畅通，重振晋商雄风。上有市委、市政府重视流通，营造良好的物流政策环境，下有物流企业开拓市场，以服务为本。更令人欣喜的是，忻州市物流协会应运而生，忻州物流业将如虎添翼、如沐春风。

拜读喜来会长的工作报告，定位精准、掷地有声。坚持服务宗旨，发挥桥梁和纽带作用，加强行业自律，推进自身建设，这四项任务抓住了立会之本。然协会初创，需要各方勠力同心。会员要积极参加活动，众人拾柴火焰高。政府需转变职能，依靠协会，共同拓展发展空间。根本的还在于自身建设，打铁还需自身硬。协会应在协商、协调、协作上下苦功，为会员企业办实事、办好事，当好行业领路人。

人老思乡，叶落归根。本人喝着滹沱水长大，从云中路启程，念念不忘家乡情，永远铭记故土恩。大家推举我担任顾问，我深感责任重大，决不辜负大家的嘱托和信任，理应为家乡做一些力所能及的事情。因公务在身，不能亲临现场，深感遗憾。应老领导武志有之邀，写下这封信，以表游子之心。愿与各位老领导、老同事、老乡们一起携手，同圆"忻州物流梦"！

2013 年 4 月 23 日于北京

西出太行　东进雄安　拓展忻州发展新空间

——关于我市与雄安新区"双向对接"的思考与建议

（二〇一八年一月十八日）

一、案由

忻州市与雄安新区对接的思考与建议。

二、背景

2017 年 12 月，我市党政代表团赴雄安新区考察，学习新区建设管理经验，并就忻州服务雄安新区建设、承接转移产业等进行对接沟通。这是极具战略意义的重大举措，对于利用区位优势、拓展我市发展新空间具有重大意义。

三、思考

一是地域的连通性。我市与雄安新区山水相连，是在河北、北京、天津之外距离雄安最近的地级市。西气东输、西煤东运、西电东送的能源输送大通道横贯两地；现有阜保高速公路可直达雄安，规划中的天津—雄安新区—忻州高铁将使两地连接更为便捷。

二是产业的互补性。我市地下富集煤炭、煤层气、铁、铝、温泉等资源，是山西北部唯一已探明拥有煤层气的市，正在全面构建煤电铝材一体化新型工业格局。根据雄安新区建设的各项保障情况、各类支撑性和前沿性规划，雄安新区将坚持世界眼光、国际标准、中国特色、高点定位，坚持生态优先、绿色发展的产业布局。

三是文化的相通性。我市拥有世界文化景观遗产五台山、世界文化遗产雁门关长城和已列入世界自然遗产预备清单的芦芽山，同时拥有黄河、长城、太行山旅游资源，正在打造三处三类世界遗产地，全力做好黄河、长城、太行三篇旅游大文章。雄安新区坚持以人民为中心，注重保障和改善民生，坚持保护弘扬中华优秀传统文化，延续历史文脉，坚持智能、绿色和创新的建设管理理念。

基于以上独特优势，借助中央力推雄安新区建设的历史机遇，我市主动对接服务雄安新区建设，实现雄安与忻州差异化发展，将会极大地拓展我市的发展新空间。

四、建议

一是主动服务雄安新区建设。鉴于我市与雄安的特殊区位关系，我市应自觉将服务雄安新区建设作为重要责任。要充分发挥清洁能源保障、绿色有机农产品供应、旅游休闲服务、新型建材提供、特色劳务培训、转移产业承接等方面的优势，主动对接服务雄安新区建设，在为雄安新区建设作出忻州贡献的同时，借机发展与新区建设服务配套的产业。

二是积极承接产业转移。雄安新区建设规划中明确了新区承接的对象是大型国有企业和科技研发中心。根据地理优势和特色产业，我市应该成为雄安新区的配套加工制造基地。例如，国家特高压输变电路的研发与建设、铝线、变压器、输变电路铁塔、刀闸开关等产业；煤层气和天然气相关的产业与技术；风力发电产业和太阳能光伏发电产业；等等。此外，京津冀地区的一些小微企业根据功能划分和环保治理的要求逐步向外迁徙，也为我市招商落地创造了客观条件。前不久，定襄县委、县政府组织人马前往天津对口招商，一次引进 7 家阀门企业，将形成配套产业集群，为定襄法兰销售市场拓展了新的渠道。

三是整合优化文旅资源。将我市文化旅游资源与雄安新区、保定地区精准对接，实现门票互认、客源互通，打造精品线路，充分融入京津冀全域旅游圈。

四是打造忻—雄—津"物流带"。随着"铁、公、机"网络建设日益完善，忻州市"枢纽经济"提上议事日程。如何把"交通优势"转化为"物流优势"，应成为我市与雄安对接的重要内容。例如，利用五台山机场的枢纽位置，打造晋冀接壤地区旅客及货物的分拨转运中心；利用永旺物流园区的基础设施资源，吸引和集聚周边物流需求。对于规划中的忻—雄—津高铁，一定要提前谋划高铁快递的转运。

五是建立"双向对接"长效机制。要在以往多层次、多内容交往的基础上，建立相关部门多角度、多维度的经常性广泛联系机制。在市级层面应设立相对固定的常设机构，统筹规划协调相关问题，确保我市与雄安新区"双向对接"的各项举措能够落到实处。

2018 年 1 月 18 日

关于推进我市延伸产业链、优化供应链、提升价值链的建议

（二〇二〇年四月）

一、案由与分析

2019 年，我市经济总量突破千亿元大关，呈现出总体平稳、稳中有进、稳中向好的发展态势。但无论总量还是增速，均低于兄弟地市。特别是第二产业增加值不高，产业结构单一，产业链条原始低端，供应链受制于人，多数产业处于价值链中低端。

从定襄县的情况来看，现有 324 家法兰锻造企业，其中，规上企业 40 家，拥有自营出口权的 165 户，年生产能力达 100 万吨，消耗钢材 160 万吨，产品远销欧美、中东等 40 多个国家和地区，风电法兰市场份额占全国的 60%以上，锻钢法兰出口量约占全国的 70%，法兰从业人员达 4 万人以上。但也存在产业链条短、产品附加值低、同质化产品多、市场竞争力不足、环保压力大等短板。特别是面对出口供应链受阻等严峻形势，产业链、供应链、价值链重构任务艰巨，迫在眉睫。

二、建议与理由

（一）延伸产业链

从全市工业经济结构来看，以煤为主的"原"字号产业以及初级产品占比较大。作为国家级法兰盘出口外贸转型升级示范基地的定襄县也同样存在产品单一、产业链条偏短的问题。

建议一，向上延伸。例如，定襄县生产的法兰产品可延伸到上游的阀门生产，变成管件所需的组件。这方面，县政府协助招商天津阀门厂已有成功案例。

建议二，向下延伸。定襄县生产的齿轮毛坯在国内市场占比较高，但属于初级产品。建议突破热处理等后续工艺，将齿轮毛坯生产变为减速机完整产品，以拉长产业链。

建议三，就近延伸。定襄县利用现有工业基础，开发铝镁合金压铸产业。这不仅有利于既有锻造产业转型升级，还可以就近利用原平市的铝锭和五台县的镁锭，带动全市产业链延伸。

（二）优化供应链

建议一，缩短供应链。充分利用产业集群优势，吸引相关配套产业进驻。同时，由市政府出面引导组织，在全市范围内形成就近就地最短供应链体系。

建议二，数字化供应链。利用互联网、大数据、人工智能、区块链等技术，搭建大数据中心大平台。以供应链创新发展模式打通原材料、生产、销售、物流全环节，提供标准、检测、资金、回收、环保等全方位服务。促进资源整合、流程优化和业务协同，推动传统产业融合发展、高质量发展。

建议三，建立柔性供应链。针对全球供应链大变局、大调整带来的新挑战，结合我市产业基础和区位交通优势，建立快速响应的柔性供应链。在出口受阻的情况下，尽快开发国内市场；在欧美等发达国家供应链不畅的情况下，着手开发新兴经济体国家和"一带一路"沿线国家市场。同时，应做好应急物流预案，增强供应链弹性，保障供应链安全。

（三）提升价值链

建议一，增品种。推动装备技术改造和工艺提升，将初级产品变为中间产品，把中间产品延伸至终端产品，逐步形成产业链闭环。加大研发投入，保证产品升级换代。培育供应链龙头企业，占据价值链中高端，逐步改变"受苦不赚钱"的窘境。

建议二，提品质。狠抓质量管理，通过采用新材料、新技术、新工艺，提高产品品质。注重售前、售后全流程服务，从卖产品转向卖服务。通过过硬的产品品质和周到的服务品质，吸引客户、占领市场。

建议三，创品牌。依托原有产业优势，借助国家级机械工程学会服务站、太原理工大学高端法兰锻造成型装备技术研究院、国家级出口法兰锻件产品质量安全示范区、中国出口法兰锻件产品质量技术促进委员会和国家法兰锻件产品质量监督检验中心（山西）等平台，推动"产、学、研、用"结合，积极参加国内外有影响的展会，以提升产品质量及品牌影响力。

延长产业链、优化供应链、提升价值链，既是党的十九大提出的重大战略部署，也是我市经济转型发展的迫切需要。建议市委、市政府和县委、县政府将此作为经济高质量发展的战略举措，抓紧推进落实。

2020 年 4 月

关于将"小辣椒"做成"大产业"的建议

(二○二○年四月二十四日)

根据党中央、国务院的政策导向，结合我县实际情况，现提出将"小辣椒"做成"大产业"的如下建议：

一、案由与分析

第一，市场需求旺盛。从国际市场来看，全球干、鲜辣椒产品每年的市场需求总量在 6000 万吨以上。随着消费升级和饮食结构的变化，我国从南到北对辣椒的需求量越来越大。

第二，天然禀赋优良。从对全国辣椒生产基地的考察情况来看，我县具备得天独厚的种植辣椒的自然条件。我县地处海拔 750 米以上，土壤为沙性，透气性好，日照充足，昼夜温差大非常适宜辣椒生长，所产辣椒色泽鲜红，糖度和辣度积累较高。

第三，比较效益明显。从近年来的实践来看，我县辣椒在产量、品相、色泽、辣度等质量指标上极具竞争力。据统计，我县辣椒种植亩产收入是玉米收入的 3~4 倍，亩收入可达 3000 元以上。其中，劳动力支出成本约为 1000 元/亩，每个劳动力一天的收入为 100~300 元。由此可见，种植辣椒，既是农民增收的好产业，又是产业扶贫的好项目。

二、建议与理由

中共中央、国务院印发的《中共中央 国务院关于抓好"三农"领域重点工作确保如期实现全面小康的意见》（2020 年中央一号文件）明确要求：支持各地立足资源优势打造各具特色的农业全产业链，建立健全农民分享产业链增值收益机制，形成有竞争力的产业集群，推动农村一二三产业融合发展。

本人认为，将"小辣椒"做成"大产业"，不仅是我县调整产业结构、深化供给侧结构性改革、兴县富民的有效途径，也是贯彻中央一号文件、推动农村一二三产业融合发展的重大举措。

（一）做大一产

建议一，扩大种植面积。像抓"法兰"产业那样，培育辣椒产业。通过市场牵引、能人带动，有序扩大种植面积，逐步形成辣椒产业集群，打造辣椒全产业链。

建议二，加大科技投入。发动农业技术管理部门深入田间地头，尽快研究推广先进地区的土壤预防经验与技术。加大科技投入，确保辣椒产业稳产高效。

建议三，推动产业扶贫。政府组织有关部门，特别是扶贫第一书记组织贫困户到辣椒种植需要劳动力的地方去就业，推动产业扶贫，让农民分享产业链增值收益。

（二）做强二产

建议一，促进就地转化。鼓励本地食品加工企业开发以辣椒为主要原料的调味食品加工产业，促进农产品就地转化、加工增值。

建议二，引进加工企业。政府在招商活动中，把辣椒产品精深加工龙头企业纳入重点招商范围，吸引其在我县建立分厂或加工网点。

建议三，提供要素支持。对辣椒产业加工企业，在土地、资金、劳动力等要素资源方面给予保障，逐步培育辣椒加工转化基地。

（三）做深三产

建议一，加大市场开发。发挥蔬菜协会等行业组织的作用，支持建立蔬菜（辣椒）生产经营合作社，培育壮大农村经纪人队伍，提高市场开发能力。

建议二，搞好物流服务。利用本县在外蔬菜经销商的渠道，引进外贸（物流）企业，提高销售、运输、储存、加工、配送等物流服务水平。

建议三，提供资金保障。政府牵头组织，搭建银行与农户、银行与公司、银行与经纪人以及辣椒生产经营全产业链的联系桥梁和服务平台。引导农业贷款及政府专项资金向辣椒产业链倾斜，解决产业发展的资金短缺问题。政府适度投入保险资金，为辣椒生产经营企业和农户提供保险服务，增强抵御自然灾害及市场风险的能力，从而促进辣椒产业集群形成和稳健发展。

2020 年 4 月 24 日

拓展全域旅游新格局
奏响"心灵之舟"交响曲

——关于我市东六县"全域旅游"的思考与建议

（二〇二一年二月二十日）

一、案由

忻州市东六县"全域旅游"的思考与建议。

二、背景

中共忻州市第四届委员会第十次全体会议暨市委经济工作会议，把"推进文旅产业等现代服务业发展"，列入深入开展"学精神找差距求转化寻突破促转型"攻坚行动的"十个重点"之一。本人认为，可在忻府区、原平市、定襄县、五台县、代县、繁峙县、繁代县先行先试，对于利用区位优势，拓展我市全域旅游新空间，奏响"心灵之舟"交响曲，具有重大意义。

三、思考

一是旅游资源富集。东六县不仅在全市以至于在华北地区也是旅游资源富集区。在"相约久久"网站公布的 2021 年旅游景点排行榜上，我市 22 个上榜景点中，东六县就占了 14 个。其中包括忻府区的忻州古城、云中河、禹王洞、元好问墓和忻口战役遗址，原平市的天涯山，定襄县的阎锡山故居和凤凰山景区，五台县的佛教圣地五台山、佛光寺和徐向前故居，代县的雁门关和赵呆观，繁峙县的滹沱河源头等。此外，还有许多未上榜景点，如代县的文庙、杨家祠堂，定襄县的薄一波故居、东峪抗日民主政府旧址和西河头地道战遗址，五台县的白求恩纪念馆等。更有许多旅游资源有待开发。

二是背靠旅游客源地。东六县南连太原城市圈，北经朔州、大同可达呼包鄂经济圈，东与河北省保定市接壤，属京津冀地区的近邻。方圆 500 公里范围内，覆盖潜在短途游客数量可观。

三是交通极为便利。南北向有大同—西安的高速铁路及二连浩特—广州的高速公路；东西向的阜保高速公路与京津冀路网相连，规划中的天津—雄安新区—忻州的高铁已开工建设；五台山机场位于东六县中部，航班直达重点客源地。

四、建议

一是打造特色精品旅游线路。例如，开发以毛主席路居纪念馆、薄一波故居、徐向前故居、五台县白求恩纪念馆、东峪抗日民主政府旧址、定襄西河头地道战遗址、忻口战役遗址等为主的"红色旅游"线路；以滹沱河源头、云中河景区、凤凰山、东峪风光、奇村温泉、原平天涯山等为主的"绿色旅游"线路；以及其他以人文景观为主的"七彩旅游"线路等。特别要注重开发具有独特人文价值和发展潜力的景点。

二是加强宣传推介。例如，在北京、天津、呼和浩特等重要旅游客源地举办大型推介活动；在首都机场、大兴机场、北京各大车站和人流密集区设立广告牌；建设"心灵之舟"旅游平台和服务热线，开发"忻州旅游"公众号；与大城市知名旅行社开展深度合作；等等。

三是整合优化文旅资源。将我市文化旅游资源与太原市、雄安新区、保定地区、大同市、张家口市、乌兰察布市以及四大佛教名山等精准对接，实现门票互认、客源互通，形成常态化合作机制，共同打造精品线路，携手提升服务水平。

四是加大政策支持力度。在市级层面设立相对固定的统筹协调机制，相关部门和县市区参加，统筹规划、建设、融资、运营、管理等相关问题。把"全域旅游"和乡村振兴有机结合，在东六县取得经验的基础上，向全市推广，探索出一条通过"全域旅游"实现转型综改的新路子来。

2021 年 2 月 20 日

半工半读县木材

（二〇二四年三月十五日）

　　从 1974 年 12 月到 1983 年 8 月，我在定襄县木材公司做了 9 年多临时工（协议工）。这段经历让我体验了生活的不易，锻炼了写作才能，更让我感受到工友们团结友爱的热情。在这里，我领悟到必须树立远大目标，才能更上一层楼。

　　1974 年 12 月 25 日早上，我第一次踏进县木材公司大门。陪我一起去上班的工友叫梁泽民，他比我小 4 岁，早几个月入职。我和他一到单位就一起往麻袋里装劈柴。这时，上班的铃声响了起来。公司经理踩着铃声走到院子里，非常严厉地说："上班了，你们在干什么？"我俩吓得大气不敢出，赶紧放下手里的"私活儿"，跑步进到车间。

　　我们的车间叫制材车间，工友们习惯称为"带锯房"。带锯固定在中间，上下两个轮子，轮子上装带锯。原木固定在轨道车上，开锯后通过人工拉动轨道车把板材切下来。带锯房一共七名工人，一个守着锯口指挥全组作业，一个坐在轨道车上负责根据板材的厚度摇尺，一前一后两个人拉动轨道车，还有两个人负责把锯好的板材接下来，再拉出车间。车间主任在另一个小房间，负责锉锯、修锯条。我刚上班，只能干"接板子"的活儿，这个活儿没有多少技术含量。

　　我刚去的时候，协议工（亦工亦农）指标用完了，只能以临时工身份对待。每天的工资为 1 元，每月上二十五六天班，我特别希望加班。领了工资，还要交给生产队 10% 的三项费用。当时，县里的电不够用，电锯只能在晚上开，我们只好上夜班。为了防止发生事故，一夜不能打盹儿。第二天稍微眯一会儿，我就找点墨汁，把黑板涂黑，写几句话上去。我的爱好被领导发现后，领导经常把写作任务交给我。后来，我向县委通讯组老师请教，给县广播站、地区报投稿。当我写的稿子第一次被播音员播出时，我高兴得简直要跳起来。当时得到两本稿纸，算作稿费。

1977 年，全国掀起了轰轰烈烈的工业学大庆运动。物资战线学大庆，要在全国选树典型。我写的单位先进典型经验材料，层层上报。区公司派史德厚、省公司派马克瑜先后进驻我们公司，帮助我总结材料。写好后马克瑜陪我到省公司改材料，我前后在太原住了 20 多天，得到省公司副经理王进的帮助。1978 年春天，王经理指派钟乐山科长陪我去北京送材料。这是我第一次到北京，第一次进入月坛北街 25 号院，国家物资部机关所在地。我们的材料最终被选定，我们单位的领导参加了全国物资战线学大庆会议。

在县木材公司的 9 年多时间，我几乎干遍了所有工种。不论干什么，我都要钻研琢磨，争取干到最好。后来，我在制材车间担任摇尺工。每当一根木材推进来，我通过观察确定由哪里下锯，何时翻料，总能比别人多下一块板。后来，工友们买了木材，都要让我来摇尺。那时候，只要来了木材，全公司不论干部还是职工，全都投入搬运木材的劳动中。我们曾经搬运过美国花旗松，这种木材 12 米长，直径 1 米多，每根重量都在 1 吨以上。我负责掌舵，小车两边有十几位工友合力推车。我通过仔细观察地形，采用了走之字形路线，摸索出了相对省力的方法。我做检尺工时，背诵材积表，140 多个材积数据张口就来。我参加了全区物资战线技术大比武，得到了地区物资局的表彰。我做包装车间主任时，总结出了一套木材节约利用的方法。1980年，我被调到生产加工办公室，从此脱离了体力劳动，也不用再上夜班了。我核算出了几十种成品家具的用料和成本价格，这些数据被县计委采用。

1982 年 8 月，我参加了省木材公司在五台山举办的工业统计学习班，最终取得了全省第一名的优异成绩。因此，我结识了忻州地区木材公司的王经理，次年，我便以合同工（计划内临时工）的身份调入地区公司。

在县木材公司的 9 年多时间里，淳朴善良的工友们给予了我无私的帮助。其中，王国柱、梁泽民两位因为与我有着相同的出身，我们总是有聊不完的话题。他们各自的优点和长处都值得我学习，泽民心灵手巧，国柱为人处世经验丰富，我在这些方面远不及他们。当年，我们无所不谈，相互帮助，那些点点滴滴给我留下了终生难忘的印象。从省公司插队下来的赵里、从临汾公司调回的闫忠芳两位老大哥，也曾与我在同一个办公室工作过一段时间。此外，曾经做过经理的郅秀全，我的师傅、制材车间主任郗云威和副主任刘元良，以及木工车间的李全胜、郭宝善、郭宝清、姜永久等，都曾给了我很大的帮助，对我产生了深远的影响。他们不仅在思想上给予我启发，在工作上给予我帮助，甚至在我家盖房子、打家具时都伸出了援助之手。1983 年 8 月，我离开了半工半读的县木材公司，离开了亲爱的工友们，走上了地区木材公司新的岗位。

一路小跑忻州城

（二〇二四年十一月十八日）

1983 年 8 月到 1991 年 10 月，是本人 30 岁至 38 岁的时光，也是我人生道路上最紧要的一个阶段。在这期间，我遇到了好的机会、对的人。在"贵人"的扶持下，我在忻州城一路小跑，度过了非常充实且值得回味的 8 年时光。

当年 8 月，在时任经理王振州的帮助下，我以合同工（计划内临时工）身份加入忻州地区木材公司，最初在办公室任文秘。1984 年，我承担了企业整顿办公室的工作，负责编写《管理制度汇编》。当时，没有电脑，只能靠手写。公司给我配备了三位助手，分别是麻振新（后来成为我的挚友）、刚分配来的中专生张丽枝和范俊英。我出草稿，他们负责誊抄清楚并送往印刷厂。时间紧，任务重，我们每天都加班到很晚。当时，我的爱人在公司热压车间上夜班，孩子幼儿园放学后无人照料，我只好把他带到办公室，让他在沙发上睡觉，我则继续工作。历时一个多月，终于完成了 12 万字的编写任务。年底时，我受到了公司和地区物资局的表彰，省劳动竞赛委员会还给我记了二等功，这是我一生中获得的最高荣誉。

1987 年 2 月，我担任了公司计划供应科副科长，后来转任科长。当时，木材是紧缺商品，供应采取指标管理，指标由地区计划委员会（简称计委）分配调拨。我每年要向地区计委物资科汇报指标供应情况。计委分配的指标，要通过计划供应科进行品种调剂，方方面面的关系需要协调照顾，复杂程度可想而知。身处这样一个责任重大的岗位，"大权在握"，我时时如临深渊、如履薄冰，所幸没有出现大的问题。

在忻州的八年时光里，特别是在木材公司工作的六年多时间，我得到了公司领导和工人师傅的无私帮助。我永远不会忘记时任公司经理樊祥瑞，他像亲人一样给我以关心帮助，把我这个合同工放在公司最关键的岗位上，让我一度领导着20多人的团队，掌管着两万立方米木材的品种调剂。他和时任党支部书记宋文虎一起，带我到地区公安处处长家里，帮助我协调解决城市户口问题。办公室副主任薛俊香、薛瑞婷，工人师傅吴永生、阎存真、赵占高、李通才，我的同事麻振新、巩青海、张健、赵建保、张文田，北京插队青年王福成、杨继荣，小车司机杨金奇、于万敖，通讯员蔡文中、高东林、张建生、张立新等，还有许多淳朴热情的忻州人，虽然有些我已记不清他们的名字，但我永远不会忘记他们给予我的温暖。

刚到忻州的头三年，我还在读不脱产的电大汉语言文学专科。在兼顾工作和学习的同时，我还要抽时间回定襄老家，经常忻州、定襄来回跑。为了做到工作、学习、照顾家庭"三不误"，我努力把时间利用到极限。赶车时一路小跑，等车时抓紧时间看书。路途上我总是带着一本书，等车的几分钟也会拿出来看上几页，车到眼前了再收起来，一上车就又拿出来看。下车后也是抄近道，一路小跑到单位。同学们在老家还可以集中起来到教室一起学习，我自己只能"孤军奋战"。再加上自己底子薄，没有上过中学，只能靠勤奋来弥补不足。好在我的辛苦没有白费，电大三年，10门必修课、17次考试平均成绩达到85.1分，毕业论文《木材公司加工业发展战略初探》经山西大学老师评定为优秀。最终，我成为我们班80多名同学中仅有的两名省电大优秀毕业生之一。

在忻州的八年里，我搬过三次家。刚去的时候，我和通讯员合住一间集体宿舍。第二年，老婆孩子也到了忻州，行政科赵继昌师傅给我们找了一间不足 10 平方米的房子。我们从老家带来了煤油炉，老乡智俊贤帮忙找来煤油，就这样我们用煤油炉生火做饭，后来才换成了铁炉子。冬天还好办，可以把炉子放在家里取暖做饭兼顾，到了夏天就只能在外面用石膏板搭建一个 1 平方米的小棚子，在里面生火做饭。赶上下大雨，雨水常常落在锅里。直到 1990 年我调到物资局，才分到一套 40 多平方米的楼房，总算有了一个安稳的家。

忻州八年，孩子的上学问题也使我们颇费周折。孩子到了学前班年龄，因为是老家的农村户口不能入学，只能在公司幼儿园待成"老大哥"。小学一年级时，只好把他送回老家，由奶奶照顾他的生活，但奶奶无法管教他的学习。二年级时，托人才能到忻州北关小学借读。升初中时，又托人上了新建路中学。初二时，随着我的工作调动，通过关系让他在太原市 38 中借读。中考时他又退回县城二中，学习一段时间后参加中考，最终被山西省物资学校录取。因为我的工作频繁变动，孩子多次搬家、转学，以至于在每个学校都没有留下毕业照。不过他还算争气，通过自学考试在太原补上了大学学历，到北京后依靠自身努力，最终取得了北京交通大学硕士研究生学历。

在忻州的八年，不论干什么工作，我都没有停下手中的笔。我陆续在《忻州地区报》《山西日报》《山西经济报》和《中国物资报》发表文章，多次参加山西省、华北地区和全国物资经济理论讨论会。我写的文章被忻州地区物资局局长刘包俊发现后，他力排众议，把我评为中级职称，并于 1989 年 7 月将我调往地区物资局办公室，专业从事文字工作。在区局的两年多时间里，除了完成日常的文字工作，我还主编了 26 期内部刊物《忻州物资》。这些经历也为我后来调往省城奠定了基础和条件。1991 年 10 月 21 日，我到省物资厅上班，开启了人生的新征程。

夜以继日物资厅

（二〇二四年十二月二十日）

今天下午，我在太原参加完"晋鲁大宗商品骨干流通走廊合作共建大会"返回北京。路过长风街时，看见一座既熟悉又陌生的大楼。我让师傅慢点儿开，赶紧开启手机照相功能，门头上的"山西物产集团"六个大字清晰可见。这里是我曾经奋斗过2200多天的地方，给我留下了太多太多的记忆。

1989年7月，我到忻州地区物资局工作以后，与省物资厅（1994年更名重组为山西物产集团①）、省物资经济学会的联系逐渐多了起来。与省物资经济学会的秘书长吕振江、副秘书长张晋生等逐步建立了工作关系。由于我多次参加省里、华北地区和全国的物资经济理论讨论会，并积极给《山西物资通讯》等刊物投稿，所以我在山西物资经济理论界逐渐小有名气。当时，时任物资厅办公室副主任的郭进科正在物色人选，来接替他的文字工作。于是，他就邀请我参与总结侯马市物资局销售过亿元的经验材料。我们先后在侯马物资局住了20多天，拍摄了电视宣传片，总结的经验材料先后登上了《山西日报》《中国物资报》的头版头条，这也算是我通过了省物资厅的"考核"。

我到省厅工作以后接手的第一项工作就是创办《山西物资报》。没有办

---

① 山西省物资产业集团有限责任公司。

报经验，没有专业人手，也没有通讯员队伍，但我凭借不服输的劲儿，先拿出了两个试刊号。我把试刊号拿给《山西日报》专职记者张文记看的时候，他连连摇头，他不相信一个小学毕业生、没有一点儿办报经验的人，居然能拿出一张像模像样的报纸。我告诉他，我在农村干过泥瓦匠，我用砌砖对缝的原理来安排版面。这样，他才相信了我的说法，并向我传授了一些办报经验。我也得到了《中国物资报》余平、顾小宇、李宏等专业人士的指导和帮助。

没有专业人手，我就通过熟人介绍、公开招聘等办法，陆续招揽了一些人才。先后进入报社工作的人员有省厅人事处的薛艳珍、《矿机报》的侯爱萍、摄影记者温泉贵、军转干部赵锁贵、企业人员杜海峰等。为了解决稿源问题，除自采白写外，我们还举办了通讯员学习班，培训基层通讯员，形成了覆盖全省同行业的通讯员网络。

办报不同于一般的写文章，字数必须有严格的限制，而且到了时间节点，必须准时出报。那时，激光照排技术尚未普及，我们先要在排版纸上划好大样，拿到《山西日报》去排版校对。一开始是周刊，还相对好办些，后来改为一周两刊，前一刊刚出，就要准备下一刊，几个人忙得团团转。记得当年我的办公室兼卧室在五楼最西头的一间，每天晚上总是最后一个熄灯。在领导的支持、正规报社老师的指导和报社全体同志的共同努力下，《山西物资报》从1992年5月1日创刊，到1997年年底，我负责主编了496期，留下了11个合订本。

作为《中国物资报》的驻地记者，我每年在该报发表文章30余篇，其中五六个头版头条。我写的《小小轴承"大气候"》一文获得全国产业报好新闻二等奖，当年整个报社只有两篇作品获此殊荣，该篇是驻地记者的唯一获奖作品。我还多次参加报社举办的记者会议，结识了报社领导和许多外省市同行，开阔了视野，积累了人脉关系。我与时任报社社长钟焕豫、李树桥，总编辑朱定沛、张宝林等都建立了比较好的关系，到北京工作以后，也都分别去看望过他们。

担任办公室副主任期间，我主要负责重要的文字工作，参与了《山西物资流通四十年》和《山西物资画册》的组稿、审稿和编辑工作。参与编写人员曾经集中到山西大学对面的水仙宾馆，连续工作生活了 20 多天。现在还能想起来的人有省里的张化玺、傅健敏、温泉贵，太原的刘贵明、晋中的王冬霞、长治的许惠义、大同的张润琴、雁北的师意刚、吕梁的王立新、朔州的王并生等。这些人曾在一起工作，互相学习，结下了深厚友谊，到后来创建了微信群，取名"物资笔"，我们的友谊已延续了 30 多年。

在省里工作的六年多时间里，我得到了许多人的指导和帮助。现在还能想起来名字的人有郭进科、苏建民、王香芬、贺社香、王玲、蒋建忠、仝永杰，车队刘队长、高怀明、陈富宏等。对我影响最深远的是我的"师傅"张化玺。他任厅办公室主任时，力主调我到省厅工作，为我解决了借房子、爱人工作、小孩上学等生活问题。后来，他做了副厅长、山西物产集团总经理。他对我的影响是全方位的，办报纸、印画册、出书，都是在他的具体领导和指导下完成的。他给我改稿子只做"减法"，经他修改后的文章十分精准、简练。他的一些"名言"令我至今难忘，比如"办公室工作，办了的都是小事，误了的全是大事""求全不全、求圆不圆"等。我能够调往北京工作，也是他向我透露了原物资部马部长的意思。1998 年 1 月 5 日，我放下手头的工作，告别了朝夕相处的同事，踏上了充满不确定因素的人生旅途。

家乡学

学习方法是关键

（一九八五年十二月十一日）

与一般电大同学相比，我在学习上还有一些特殊困难。上电大以前，我仅有高小文化程度。在单位，我是农民合同工，工作上需加倍努力，还要抽时间种地。后来，因工作调动，我在距离教学班五十里的地方"孤军作战"。不过，我总算熬过了三年寒窗，还被评为一九八五届优秀毕业生。在坚持学习的同时，我还在三年中完成了约百万字的文字起草任务，并发表了3篇物资经济文章。

有同学问我，你在学习上有什么"秘诀"，我的回答是：除了勤奋以外，学习方法是关键。三年中，我逐步摸索出一套学习方法。

一是"按图施工"。建筑工人盖高楼大厦离不开设计图纸，学习也同样是一项工程，需要"按图施工"。我以为，教学大纲就是教与学的总设计图。因此，每学一门新的课程，我都要反复琢磨教学大纲，先吃透大纲精神，然后按照大纲的要求去学。这样，提纲挈领，纲举目张，就可以少走弯路。

二是"顺藤摸瓜"。电大同学，特别是学语文的，绝大部分是在职学习，又受家务拖累。电大学员的学习负担是比较重的。我曾经算了一下，第六学期，不说撰写毕业论文，我们应读的书就有五十余册，若按每册书平均厚度二厘米来算，摞起来就有一米多高。一方面，资料浩如烟海，另一方面，我们的时间和精力严重不足。这就涉及学习的"效益"问题：怎样用较少的时间掌握较多的重要知识呢？我认为，有所不为，才能有所为。如果我们平均用力，恐怕所有的书连一遍也看不过来。我采取的方法是，以教学大纲为依据，按照讲授纲要、教材、录音讲义的顺序，层层往下追，先掌握主讲教师的"一家之言"。至于其他资料，我绝不从头至尾看，而是作为以上材料的补充，涉及重点、难点、疑点时才有选择地去翻阅。这样，就能较好地克服"眉毛胡子一把抓"的毛病。

三是"搭架上梁"。一个人自学能力的高下，一个重要的方面就在于他会不会掌握教材的基本轮廓。怎样掌握基本轮廓？这就像盖房子一样，要学会"搭架上梁"。比如，学习历史的时候，我曾经设计制作了一种图表。我在横行写上各个朝代的分期，在竖行设计了重要政治经济制度、重要的历史人物和事件、农民起义和民族关系等栏目。然后，按照教材提供的资料，我把有关教学内容一一放到相应的位置上。这样，看起来寓繁于简，一目了然，便于分析、理解和记忆。有了这个框架，把它印在脑海里，用的时候就如同探囊取物。

四是"吹糠见米康"。我认为，在全面学习的基础上，学会抓重点也是自学必备的基本功之一。任何一本教材总有重点、次重点和非重点，关键在于会不会抓、抓得准不准。同学们普遍反映"形式逻辑"难学。我认为，除了教材体系不太适应外，主要是同学不会抓重点。考试前夕，不少同学仍在外围徘徊，还没有接触到核心问题，怎能不失败呢？我开始学这门课时也感到很头疼，但是我仍然硬着头皮往下学，遇到不懂的地方，并不急于攻克它，而是"跳过去"继续往后看。等看完后，再回过头来看。这样反复看过几次以后，教材的眉目就自然清楚了。这本书主要讲了"概念、判断、推理"三部分内容，前两部分是为后一部分服务的，后一部分的核心就是"三段论"。于是，我就把"三段论"作为突破口，然后涉及其他内容，逐步扩大战果，这样就较快较好地掌握了所学内容，取得了较好的成绩。当然，所谓重点，是相当于一般来说的，并不是无原则地去猜题、押题。要抓重点，并能兼顾一般、带动一般，才有可能立于不败之地。

　　五是"排列组合"。要提高自学能力，还要掌握一套加工制作、排列组合的功夫。例如，我们学过的"现代文学"课是按照文学史的分期编排的。进入复习阶段，我就打破了原来的排列顺序，把一个作家在不同时期所写的作品放到一起来学；又按小说、散文、诗歌、戏剧四种题材对作品进行分类比较。这样排列组合，融会贯通，也就把教师所讲的内容变成了自己的东西。俗话说："条条大道通北京。"我们沿着主讲教师指引的路走了一遍以后，不妨想一想，是不是还有别的路可走，能不能对教学内容按另一种方式排列组合。这样，就能学得更自觉、主动，学到的东西也就更牢固、扎实。

　　六是"温故知新"。有些同学不大注意知识的积累。他们往往是考试前死记硬背，考试时应付过去，考完后知识就忘光了。到学习另一门新课时，又重蹈覆辙，每次都是从零开始。其实，这是对自己学习成果的糟蹋。每一门功课与其他功课并非毫无关联，而是有一定联系的。学习文学理论要用到哲学原理，学习古代文学当然离不开历史知识。对于学过的课程，考试结束以后，我们不妨回顾一番，把其中的精华储存进自己的"知识仓库"。学习新课的时候，要挖掘利用原有知识，使新旧知识"撞击反射"，增加积累。这样，我们就会越学越省力，收到事半功倍的效果。

　　我觉得，我们即使少学一些知识，也应多学一些方法。进而把这些方法推广到以后的学习、工作和生活中，我们将终身受益。

　　　　　　　　　　　　　（此文是与电大同学交流用的学习体会）

电大引我走上成才之路

（一九八六年六月）

今天，我有幸再一次回到可爱的母校，与老师和同学们欢聚一堂，谈心交心，我的心情无比激动和高兴。我汇报的题目是《电大引我走上成才之路》。如有不当之处，请老师和同学们批评指正。

我叫贺登才，今年 33 岁了，现在在地区木材公司工作。上电大以前，我只是一名只有高小文化程度的临时工。自从参加电大学习以来，我的心头重新燃起了希望之火，一些做梦也不敢想的好事接踵而至。三年中，我连续三次被评为"三好学生"。毕业的时候，还被电大授予了"一九八五届优秀毕业生"的光荣称号。在此期间，我的工作也由定襄县木材公司调往忻州地区木材公司办公室，成为专职秘书。我于前年编写的 12 万字的《管理制度汇编》一书已经成书并下发。三年中，我在有关报刊上发表了三篇物资经济论文和十多篇其他体裁的文章，其中一篇刊登在中国物资经济学会主办的刊物上，一篇被《作文周刊》采用。我曾三次应邀出席全省、两次出席华北地区物资经济理论讨论会。山西省物资经济学会吸收我为会员，省木材研究分会又推举我为理事、副秘书长。三年来，除被我们公司连年评为先进工作者外，还被评为全区物资战线标兵和全省物资战线模范，省劳动竞赛委员会也给我记了二等功。每当想起这些，我就情不自禁地想起我们可爱的母校——中央广播电视大学。可以说，没有电大，就没有我的今天，是电大指引我走上了成才之路。

我为什么要上电大

我小的时候，也和千千万万新中国的少年儿童一样，有过一个金色的童年和少年时期。在小学六年读书期间，我的学习成绩始终名列前茅，年年被评为"三好学生"。我也曾担任过少先队中队长、大队长，主持过全县庆祝"六一"大会。作为红领巾广播站的站长，我和同学自采自编自播的校内新闻，曾受到老师、同学的赞扬。我的习作，经常作为优秀作文在校内外展览，寄往北京参加《中国少年报》社"小小讨论台"讨论，有的还刊登在县办的小报上。我在四年级时，和其他同学自编自演的小戏剧《春耕时节》是当时校文艺晚会上最受欢迎的节目。20 多年前，展现在我眼前的，是一个鸟语花香、阳光灿烂的世界。在我幼小的心灵深处，充满了对美好未来的向往与追求。

但是，由于众所周知的原因，我被迫中断学业，过早地步入社会。1966年 8 月，我在"小升初"的年龄，被拒于中学大门之外。对于一个求知欲旺盛的少年来说，这简直是晴天霹雳。我父亲利用他的关系，在县里的合作澡堂里为我找了一份"营生"。年仅 13 岁的我，每天要苦熬十几个小时才能挣到 8 毛钱。就是这样的"工作"，一个月也只能干 18 天。挨过这样的 3 年以后，我回到了农村。在随后的 5 年当中，我先后担任过生产队的记工员、村里的会计员、统计员、广播员和通讯员。1974 年年底，一位县计委的干部住进了我家院子，他介绍我到县木材公司当了临时工，每天的工作就是操作电锯、搬运木材。尽管身处艰苦的环境，我从未放弃对知识的追求，但学到的东西既零碎又肤浅。我多么渴望得到一次系统的、正规的学习机会啊！然而，随着年龄的增长，除了出身问题的限制外，我还背上了工作、生活和家务的沉重"包袱"。所处的环境和条件，是不允许我进入全日制普通高校去深造的。

1982 年 4 月，中央电大文科开始招生。当时，我的身份是农民协议工，也就是计划外的临时工。听到这个信息后，我思想上的斗争非常激烈。说实在的，上大学是我自幼梦寐以求的愿望。然而，作为一个临时工，单位让不让报考？作为一个只有高小学历的人，我能考上吗？在老师、领导和同事们的支持与鼓励下，我抱着试试看的心情，参加了电大入学考试。好在当年不考数学和英语，最终，我被录取为正式学员。就这样，我走出校门 16 年后，在党的政策支持下，跨进了学校的大门，意外地得到了这次深造的机会。

我怎样上电大

当时，社会上流传着这样一句话："电大的门好进难出。"我想，现在，党给了我们学习的权利，为我们这些耽误了青春年华的人提供了一个适宜的学习方式，让我和同龄人重新站在了同一条起跑线上。如果自己只能进来，而学不成、出不去，怎么对得起伟大的党呢？3 年中，我就是憋着这样一股子劲儿走过来的。

在电大，我学的是汉语言文学专业。我们这个专业的学习基本上是业余的。除了一般同学共有的工作忙、家务累、负担重的困难外，我自己还有一些特殊的困难。第一，我是我们班唯一的高小毕业生。以小学基础攻读大专课程，感到很吃力。第二，我也是我们班唯一没有城市户口、没有正式工作的学员。自己不仅要占用工余时间去种地，也因户口问题、工作问题耗费了不少时间和精力。第三，我的工作调动后未办转学手续，我又是我们班唯一不能坚持参加集体学习的学员，只好在远离教学班的情况下"孤军作战"。在电大学习的 1000 多个日日夜夜，我是怎样克服这些困难的呢？

第一，怎样取得领导的支持。我虽然不是国家正式职工，学习期间还经历了工作调动，但是，不论走到哪里，我都得到了单位领导的大力支持，这使我能够安心学习。那么，这个条件是怎样来的呢？我想，除了我所遇到的领导本身"开明"以外，关键是自己用出色的工作赢得了领导的信任与支持。3 年中，不论学习怎样紧张，凡是领导交给我的工作任务，我都积极主动地去完成。在电大学习期间，我一共完成了近百万字的文书起草任务。1984 年秋季，在公司整顿的紧张阶段，我完全放下自己的学习，每天坚持工作十几个小时，平均每天起草近万字的文稿。终于在很短的时间内，完成了 12 万字的《管理制度汇编》编写任务。这不仅保证了全区木材系统企业整顿的需要，还受到全省同行的一致好评。领导们看到我上电大不仅没有耽误工作，还增强了工作能力，提高了工作效率，就从实践中认识到上电大的好处，也就更加支持我的电大学习了。

第二，怎样处理工学矛盾。除了叫学习为工作让路并服务于工作外，我还努力在二者的结合上下功夫，使之互相促进。在选择学习内容时，我就考虑到与本职工作的一致性，使学习与工作在总的方向上比较容易统一起来。在学习方法上，我也努力结合工作实际边学边用，让学习为工作提供释疑解难的钥匙，工作也为学习创造练笔实践的机会。在毕业论文选题时，我结合自己的工作实际和研究方向，选择了与物资经济学会所需的论文选题一致的题目。

我写的《木材公司加工业发展战略初探》一文，不仅在山西大学教授、讲师主持的论文答辩会上被评为优秀论文，编入电大分校的《优秀论文集》，而且在全省第四次物资经济理论讨论会上被评为优秀论文，发表在《山西物资通讯》杂志上，还经推荐参加了华北地区第五次物资经济理讨论论会，并被编入会议论文集。由于安排合理、统筹兼顾，我实现了一箭双雕、事半功倍的效果。

第三，怎样有效利用时间。俗话说："笨鸟先飞，勤能补拙。"为了弥补自己的"先天不足"，我舍弃了安逸和舒适，几乎取消了所有的娱乐活动，改变了生活内容，加快了生活节奏。大至一学期、一个月、一周，小至一天，甚至一小时，我都尽量做到合理安排，充分使用。哪怕是开会前、等车时、旅途中的零碎时间，我也要设法利用起来，绝不让时间白白过去。一边做家务活儿，一边背书；一边走路，一边想问题；躺在床上打腹稿……我逐步养成了一心二用、分秒必争的习惯。到了电大放假期间，我又借来规定的长篇书籍，挤时间浏览，为下一学期的学习打下基础。

3年过去了，我可以自豪地说，我的电大生活道路是一步一个脚印走过来的，时间没有在我的手上白白流逝。我的生活虽然是紧张的，但我的内心是充实的。在一般人看来，我的生活是"枯燥乏味"的，但我尝到了其中的甘甜。

就这样，我在领导和同志们的支持与帮助下，在电大老师的培养与教育下，终于学完了电大汉语言文学专业规定的全部课程。10门必修课、17次考试，我的总均分达到了85.1分，毕业论文也被评为优秀。去年12月9日，我参加了省电大召开的毕业典礼大会，领到了"优秀毕业生"证书，还受到了省电大蔡佩仪校长的点名表扬。

电大引我走上成才之路

通过几年来的电大学习，我不仅系统地学习了本专业的基础知识，而且了解了祖国的光辉历史和灿烂文化，激发了爱国热情；吸收了历代文人学士留下的精神营养，陶冶了情操；学习了马克思主义基本理论，改变了原来的思维方法、学习方法和工作方法，曾经熄灭的理想之火，通过电大学习，在实际工作中重新燃烧起来。依据工作和学习的实际，我在寻找自己成才的突破口。1983年，我运用电大学到的知识，将自己多年的积累整理成《从定襄县的实践看县级木材公司开展按需加工的可能性和必要性》一文。该文在全省第二次物资经济理论讨论会上宣读以后，引起了较大反响，后被推荐到华北地区，并刊登在中国物资经济学会主办的《物资经济研究》1984年第3

期上。1984年和1985年，我分别写了《对原平县煤炭生产实行坑木承包供应的初步评价和探讨》和《木材公司加工业发展战略初探》两篇文章，先后参加了全省讨论会，均被收入论文集。《山西日报》《山西工人报》《山西青年报》《改革报》以及山西人民广播电台都对我的事迹做了专题报道。

现在，我虽然拿到了毕业文凭，但学习从来不是为了拿文凭、"挂牌子"。电大毕业只是奋斗的起点，而不是终点。在毕业以后近一年的时间里，我又参加了人民日报社新闻智力开发中心和地区科委基础日语培训班的业余学习。我还利用工作学习之余，义务为1986届同学指导毕业论文的写作，我要把从母校学到的知识无私地奉献给母校。

回顾几年来走过的道路，虽然我还没有做出什么显著的成绩，错过了"而立之年"，也还没有真正"立"起来。但是，值得欣慰的是，电大改变了我的生活内容，为我的生活注入了新的活力，引我走上了成才之路。尽管这条路对我来说仍然曲折和漫长，但我决心朝着既定目标走下去。我要以自己的实际行动让全社会的人们对我们电大学生刮目相看，为具有强大生命力的电大事业增光添彩！

（此文为参加电大班毕业一周年座谈会的发言材料）

从临时工到专职记者

（一九九四年六月七日）

我，一个仅有小学文化程度的农村孩子，经过 28 年的摸爬滚打，从最基层一步步走向省城，从一名澡堂的临时工跻身于新闻工作者的行列。其间，我得到了众多师长、朋友的教诲与提携，更忘不了《山西日报》在其中所起的铺路架桥的作用。

1966 年，因为家庭出身的影响，我 13 岁便离开学校，走上社会自谋生路。先到澡堂当临时工，后来在田间劳作，再到县木材公司当搬运木材的协议工。繁重的体力劳动之余，我把发生在自己身上的事写成稿子，登在公司的墙报、黑板报上，或寄给县广播站、地区报社。后来，经过编辑老师的精心修改，我的稿件居然在《山西日报》上也有了几块儿"豆腐干"。公司领导看我像块"耍笔杆子"的"料"，就把我安排到办公室工作。

通过这件事，我尝到了写稿子的甜头，看到了自己的潜能，于是更加坚定了学习、生活和写作的信心。我写的稿件也渐渐从"豆腐干"发展到"玻璃板"，有一篇论文还曾被一份全国性刊物采用。当我在写作上稍有进步时，1983 年 8 月，《山西日报》以《临时工写出经济论文》为题，对我进行了专题报道。就在这一年，我被从定襄县木材公司调到忻州地区木材公司办公室从事专职文秘工作。这样一来，我与《山西日报》的文笔交流也就多了起来。由于《山西日报》等报刊不断采用我写的文章，地区物资局于 1989

年 7 月调我去主管一份小型刊物的编辑工作。

1991 年 10 月，我被借调到省物资厅工作，接受的第一项任务就是总结宣传全省物资系统第一家销售过亿元的县——侯马的经验。在报社老师的指点下，我与报社记者合作撰写的长篇通讯《参与大流通》一稿登上了《山西日报》头版头条，在全省物资系统以至其他行业引起了不小的轰动。

在报社老师的帮助和指导下，我在写作上进步很快，现在已成为《中国物资报》驻山西记者站的记者，担任《山西物资报》的总编助理，还获得了中级技术职称。回顾自己走过的艰苦路程，我永远不会忘记《山西日报》给予我的关怀、支持与帮助。

（原载于《山西日报》）

电大精神最难忘

（一九九五年八月十五日）

到今年 8 月，我从定襄电大 1985 届文科班毕业已经整整 10 年了。这 10 年间，我见过多少人，经过多少事，唯电大精神最难忘怀。

1982 年春天，电大首次开设不脱产的汉语文学专业，这个消息立即唤起了一代人的希望。没过几天，县职工教育中心的教室里就聚集了几十名学员。这是一个特殊的群体：年长的已近不惑之年，最轻的才二十出头；有的是"老三届"，有的是刚出校门的中专生，就连我这个 16 年前的高小生也混迹其中。上课时，讲台上、门背后，教室的每一个角落都挤满了人。他们有的带着小孩，有的拿着干粮，还有的女同学挺着大肚子。大家有一个共同的心愿：把被"四人帮"耽误的时间夺回来！

特殊的年代，造就了特殊的群体，特殊的群体必然形成特殊的精神。绝大多数同学一直就有"大学梦"，其中不少同学已经接近实现梦想。然而，由于历史原因，他们的学业和梦想受到影响，是电大给他们送来了"圆梦"的机会。对于大部分同学来说，这个机会弥足珍贵。

每当晨曦初露，县城的人们还沉浸在甜蜜的梦乡时，我们的学校已是书声琅琅；每当夜幕降临，工作了一天的人们开始休息时，我们才迎来一天中电大学习的黄金时间。3 年的业余学习，10 门功课要经过 17 次考试，次次考试都必须达到及格分数线。而所有这一切，都不能耽误岗位工作，又不能推托家庭的责任。有的同学用加班调休的办法挤出时间，有的同学在出差途中也带上一书包课本与作业，更多的同学与一切娱乐活动挥手告别。他们有的家里有常年卧床的老人，有的一再推迟婚期，还有的分娩前几天仍赶到考场……这是不是争分夺秒、锐意进取、追赶时代列车的"赶车"精神？

读过电大的人都知道，电大的门好进难出。而且它的教材保持了当时全日制大专院校的水平，还增加了几门实验性的课程；且不说讲课出题的老师远在北京，只是临考前在电视上露一回脸儿，单说考场严明的纪律，就令参加过高考的同学无不摇头。如果说普通高校的学生考 60 分就高呼万岁，我们电大同学即便有 90 分的把握心里也不踏实。记得有一年，评卷结束以后，上级电大对定襄班的考试成绩产生了疑问，随即采取了全体学员都到忻州重新考试的措施。是真金就不该怕火炼，同学们又一次交出了满意的答卷。此后，定襄文科班在全区、在全省也打出了声威。

有的同学因为工作忙、学习时间难以保证，一门功课多次补考也不过，但他们从不气馁，直到通过考试。有的同学因为基础差、学习古文有困难，就一篇接一篇地翻译，硬是把草稿纸塞满了抽屉。毕业的时候，我们曾经算过这样一笔账，3 年间读过的教材、大纲、讲义、辅导材料、文学名著等各类书籍，可以从脚下一直摞到头顶，光是要求背诵的诗词名篇就有 300 多首。像我这样一个没有读过多少书的高小生，要不是那一段强化训练，真不敢想象自己能承担今天的工作任务。

3 年时间，1000 多个日日夜夜，经过了多少艰难困苦，我们终于挺过来了。这难道不是百折不挠、自强不息、求知若渴的拼搏精神吗？

俗话说，家有三斗粮，不做"孩子王"。那一年，年近花甲的赵涵泉老师做了我们的班主任。面对这一帮年龄悬殊、基础参差不齐、来自不同岗位的学员，赵老师真是操碎了心。从学员召集、教师招聘、校址选择、教材分发，到与上级电大联络、日常的教学管理，有多少事情都要由他去组织安排，甚至亲手操办。他常常是早晚到教室听课、巡视、安排工作，白天又到学员单位苦口婆心地说服领导支持学员的学习。可以说，没有赵涵泉老师的一片苦心和辛勤劳作，我们这些人就拿不到大专文凭，定襄县也会少几十名大学生。

贺笑中、郄云龙两位辅导老师同样功不可没。他们都有自己的本职工作，为了电大的事业，他们不仅牺牲休息时间登台辅导，还亲赴太原、榆次，把他们的老师、同学请来给我们讲课。他们的谆谆教诲、对学员习作的认真批改，已成为我们终生受用不尽的宝贵财富。

班委会的组织工作也十分出色。班长千祥同学老成持重，不仅学习用功，组织能力强，还善于处理各方面的关系。他领导的班委干部，个个精明能干，把诸多班务处理得井井有条。我们先后邀请山西大学的十几位知名教授来讲学，以至于后来与正牌大学的毕业生谈起来，他们也称羡不已。

针对同学们基础知识参差不齐的状况，为了不使一个同学掉队，班委会组织了"结对子"活动。我和建国、永生编在一个小组。建国拿出自己的收录机供听课使用，让出家中最好的位子供我们学习。每到听课的时候，他又把两个孩子赶到院子里去。建国是"老三届"的高才生，读书多、底子厚，尤其精通汉语和古典文学。记得有一年，他的古汉语成绩得过全省第一，我这个小学生自然在这方面受益匪浅。

临近考试，班里还组织专题讲座，让同学们交流学习体会、探讨疑难问题，用集体的智慧攻克难关。这样一来，除第一学期因各种原因淘汰了一批学员外，我们这个班39名同学一直坚持到1985年全体毕业。我们班多次受到省、区电大和县教育局的表彰，省电大还奖给我们一台电视机和2000元奖金。我和建国同学还被评为当年省电大优秀毕业生。这难道不是自立自治、团结友爱的集体主义精神吗？

10年时间不长也不短。当年的大姑娘做起了孩子的妈，当年出生的小孩子已经背起了书包，当时年龄稍大的同学，他们的孩子也到了婚嫁的年龄。我们这批人经过电大的培养和熏陶，绝大部分走上了新的工作岗位。有的在学问上大有长进，有的在"商海"中小试身手，还有的在"仕途"上一展风采。他们都成为一个部门或一个方面工作的"台柱子"，为全县的两个文明建设尽情地发挥着自己的能量。

从我个人来讲，由一名农村户口的临时工，从县城电大出发，到地区，再到省城，先后调过三四个单位，变换过七八次岗位，终于凭借电大学到的知识干起了专职文字工作。可以说，电大改变了我10年的生活轨迹，把一个又一个新的工作环境送到我的面前。这不仅仅在于电大给了我知识与力量，更在于电大培养的精神如影随形，10年来时时给我以启迪与鞭策。

争分夺秒的"赶车"精神，百折不挠的拼搏精神，团结友爱的集体主义精神……定襄电大85届文科班的精神，我无法用文字来概括和描述。而正是这样的精神，感动了终生执教的山大教授，感动了面对千万学员的省区电大，感动了县里的领导和各界人士，在定襄教育史上留下了光辉的一笔（《定襄县志》辟专节记载）。它必将鼓舞我们这一代人乃至我们的后代在新的征途上搏击奋进！

（原载于《花蕾》，《山西电大报》转载）

从"黄土地"到"皇城根儿"

（一九九八年十二月二十五日）

1998 年 1 月初的一天，我从山西省的一个厅级单位，走进了位于钓鱼台国宾馆附近的一家全国行业管理机关。面对新的工作岗位和来自全国同行业的最新信息，回顾自己 32 年来从本行业最基层向最高层的攀登，从黄土地到皇城根儿的跨越，我再一次深深体会到：是改革开放的好政策送来了一次又一次机遇。

1966 年，我才 13 岁，失去了上学的机会，父亲托人在澡堂为我找了一份临时工，每天工作十几个小时，日工资只有 8 角钱。1969 年，农村户口的我只能回到生产队，把自己的命运和家乡的黄土地紧紧地拴在一起。炎热的夏天，我和大人一样顶着烈日拉起千斤重的车子；严寒的冬天，又冒着刺骨的寒风挑起百斤重的粪桶。成年累月地辛勤劳作，依然不得温饱。后来，经乡亲们举荐，我担任了队里的计工员、会计员，还被选拔到大队担任统计员、会计员。

也是在那一年的年底，母亲托人在县木材公司为我找了一份临时工，主要工作是搬木头、开电锯。那时候供电不正常，因此常常上夜班。下了夜班工友们睡觉之后，我自作主张在黑板报上写几句话，或是给县广播站投一篇稿。在那个小小的单位，我逐步显露出写作方面的才能，这点"才能"果然在单位总结材料时派上了用场。1978 年，我奉命把写好的材料先后送到地区、省行业管理机关，最后直接交到北京国家物资总局（也就是我现在供职的这家机关的前身）。我们单位被评为全国物资战线学大庆先进单位，我也因此成为"半个秀才"：有写作任务时就去办公室工作，写完了再回车间参加体力劳动。这样的状态一直持续到 1980 年我才被调到办公室，专门从事生产管理和办公室文秘工作。

1982 年，电大文科招收不脱产学员，我在离开课堂 16 年之后又圆了上学梦。历经 3 年边工作边学习的艰苦历程，我终于学完了汉语言文学专业规定的全部课程。随着专业知识的积累和工作环境的改变，我写的稿件陆续见诸省内外行业和社会报刊，还接连参加了全国、全省及华北地区同行业举办的经济理论讨论会，为日后的工作调动打下了一定的基础。

1983 年，我被从县木材公司调往了地区木材公司，从事新闻写作和办公室文秘工作；1989 年，从地区木材公司调往地区物资局，专门从事《忻州物资》月刊的编辑工作；1991 年，调往省物资厅，在领导和同志们的帮助与支持下，创办了一份行业报——《山西物资报》，一直干到 1997 年年底。

32 年过去了，我先后经历了 8 次工作调动，从一个小学毕业、农村户口的临时工，到一次次改变工作环境，一次次迎来新的工作岗位。我从最基层的生产队干起，到大队，到县，到地区，到省，一直到参与本行业的全国性调查研究工作。这难道是因为我有过人的本领吗？是因为我有显赫的"靠山"吗？显然不是。为什么前 12 年事事不顺，而后 20 年一路顺遂？我的亲身经历无可辩驳地说明了一个道理：个人的前途是和国家民族的命运紧密相连的。没有党的十一届三中全会以来的改革开放好政策，就不会有我今天的一切。

（原载于《北京青年报》）

师恩难忘

（二〇〇五年四月二日）

本人读书不多，在课堂上教过我的老师自然也少一些。今年春节返乡探亲，顺便拜望了小学和电大的四位老师及其家人，师情醇厚，师恩难忘。

要说传统意义上的学校，我只在咱们县城的城关小学读过 6 年。从 1960 年到 1966 年，有两位老师对我影响最大。一位是低年级的王春凤老师，一位是高年级的侯富成老师。我多半生以文字为业，得益于他们当年给予的"看家本领"。

我们踏入校门的时候（1960 年），正赶上三年困难时期。七八岁的孩子，吃不上多少东西，还是"一老晌儿"（中午不回家吃饭，下午四点多放学）。我们的班主任王春凤老师，也是我的启蒙老师，给我打下了牢固的语言和文字基础。那时，练习本十分珍贵，铅笔、圆珠笔也是稀罕物件。老师就带着我们"空书"，也就是用手指头反复在空中"书写"，嘴里还念叨"点、横、竖、撇"，然后再上"石板"，最后才能上"抄本"。这样的程序，同学们无不感觉枯燥，老师却不厌其烦。40 多年过去了，我仍然记着王老师教过的每一个字的笔画、笔顺，记着常用字的准确读音和拼写方法，这些都成为如今我每天用电脑工作离不开的基本功。

我生性腼腆，不喜欢"抛头露面"。一年级期末学校开大会时，王老师把我叫到主席台前，拿出巴掌大的一页纸，上面的字不超过 100 个，让我到台上演讲。我连连推脱，不愿上台，老师非常严厉地命令我上台。我只好硬着头皮，面对众多师生，用老师教的普通话大声朗读。演讲过程中，遇到了一个当时还没学过的字，一下子"卡了壳"。于是，我连忙从台上走下来问王老师，老师说："那是表态的态。"然后，我再次上台，把老师写的"演讲稿"读完。现在，不论当着多少人、多大的人物，身处什么场合，还是对着摄像机的镜头，我都能从容应对。现在回想起来，多亏王老师在我 7 岁时就把我推上了人生的"讲台"。

今年春节前，小学同学刘效贤来京公干，两人相聚时共话儿时的记忆，一致商定春节期间一定要看望王老师和侯老师。正月初七下午，我们来到王老师家。居室依旧，家具依旧，而老师对我们的关心和爱护越发强烈。王老师和她的丈夫郭老师与我们一起回忆 40 年前的岁月，一一询问我们的现状。我们依偎在老师身旁，仿佛又回到了从前。我们为老师的健康而高兴，老师为我们的成长而欣慰。

王老师教会了我写字和"说话"，而侯老师则培养了我对写作的兴趣。侯富成老师是我县知名人士邢道三先生的高足，多才多艺，尤其擅长写作。我特别喜欢上侯老师的作文课。侯老师发现我对作文的兴趣后，给予了我重点培养。几乎每次他都会认真点评我写的作文，并在全班讲评，还拿到外班、外校交流，甚至亲自配画进行展览。为了进一步培养我的兴趣，侯老师把我的文章推荐到县小报社、广播站和《中国少年报》，我至今珍藏着报社从北京寄来的书签，上面写着"献给参加我们学习是为了什么小小讨论台的少年朋友们"，背面印着英雄王杰的头像和语录。正是在老师的培养下，我原本的爱好——文字，逐步发展成为我一生的职业。

改革开放是我们国家的转折点。1982 年，我这个没有进过中学校门的人居然可以利用业余时间进入电大学习。班主任赵涵泉老师顶着重重压力，收留了我这个"不够格"的学生（没有中学毕业证，没有城市户口，也不是国家正式职工）。

在学识方面，对我影响最大的是现代汉语课的郗云龙老师和写作课的贺笑中老师。郗老师当时是教师进修学校的领导，给电大带课不是他的本职工作，所以他的许多课都安排在早上、晚上或是星期天。他还利用自己的关系，把山西大学享誉全省的老师请来给我们上课。电大同学年龄悬殊、经历各异、基础不同，特别是像我这样的小学生，连主语、谓语、宾语这些最基本的语法常识也没有学过，更别提诗词平仄谱了。但郗老师自有办法，那年他带的现代汉语课，我们班考了全省第一，以至于引起了省区电大的怀疑。后来，上级决定把我们班全体同学拉到忻州，由省电大老师亲自监考。经过这次十分严格的单独重考，我们取得了比原来还要好的成绩，省电大奖励我们班一台电视机，定襄电大文科班从此在全省有了名气。郗老师给我们上课的时间虽然不长，但对我系统学习和掌握汉语言文学专业知识，以及在写作方面由"游击队"转向"正规军"起了相当大的作用。

今年春节回家，听闻郗老师身体不适，我的连襟，也是郗老师的学生胡存秀约我去看望老师。结果老师在外地尚未返家，电话里传来爽朗的声音："我是蒸不烂、打不垮的硬骨头，多少大风大浪都过来了，你们放心。"我们只能遥祝郗老师健康、年轻。

贺笑中是我的本家，也是我电大的老师。他对我的帮助，主要体现在经济论文写作方面。1983 年，我带着一篇他帮助修改定稿的《从定襄县的实践看县级木材公司开展按需加工的可能性和必要性》文章，到省城参加了物资经济理论讨论会。那是我平生第一次入住戒备森严的迎泽宾馆，也是第一次在宾馆顶层会议厅做大会发言。从此，我踏上了物资、物流经济理论研究与写作的道路。今年大年初一，舍弟登科、登峰陪我来到贺老师家。贺老师虽已驾鹤西去，但音容犹在，师母的深切怀念更加深了我们的思念。

经过 3 年高强度的业余学习，我算是经过了正规的汉语言文学训练，不仅从小学水平跨越中学阶段，直接进入"大学生"行列，还获得了"大专"文凭。我和同班同学徐建国一起被评为省电大"优秀毕业生"。正是当年电大老师的培养和同学的帮助，我才有了后来职业上的华丽转身和事业上的层层递进。以上几位敬爱的老师，他们的为人风范和深厚学识是我成长进步的阶梯和不断奋进的动力。师恩难忘，师风永存。

节后一上班，来不及回想亲人的嘱托，来不及回忆师生的情谊，我便马上投入更加紧张的工作中。不承想，侯老师从家乡来信，并写了《面对门生乐在其中》一文，详细记叙了我们一行与老师会面的情景，真情实感跃然纸上。于是，又勾起了我对启蒙和成长阶段几位甘为人梯的老师的深切回忆。今天，我利用这一点空闲时间，写下了这些文字，留作记录，略表敬意。

2005 年 4 月 2 日于北京

（原载于《花蕾》）

半个世纪师生情

（二〇一〇年九月）

我的母亲王春凤，今年 70 岁了，做了一辈子小学老师，连她自己也数不清教过多少学生。2010 年暑假，从未出过远门的妈妈，去了一趟北京城，叙了一段半个世纪的师生情。

听妈妈讲，贺登才（我称大哥）是她上个世纪 60 年代初期在定襄县城关小学教过的学生。当年的大哥品学兼优，是妈妈的得意门生。只可惜赶上"文化大革命"，大哥小学毕业后再没有机会进入校门。但他自强不息，顽强奋斗，一路从生产队、大队、县里、地区、省城拼搏到北京。如今，他是一家全国性行业协会的领导，到过世界上许多国家，兼任两所高校的兼职导师，就连山西省的省长、定襄县的县长也请他讲过课。

登才大哥成材后没忘老师，经常利用回乡探亲的机会看望他的小学老师——我的妈妈王春凤。特别是调入北京工作以后，他多次盛情邀请老师去北京游玩。于是，我陪妈妈来到了向往久已的北京城。

到了北京火车站，登才大哥早已等在车厢门口。他搀扶着我的妈妈，就像搀着自己的母亲，嘘寒问暖，体贴备至。我们上了一辆出租车，司机是个健谈的人。他主动问我们："你们是出来玩的吧？"我们说是。他又问登才大哥："她们是你什么人呢？"登才大哥微微一笑，说："你猜猜看！"司机看看我妈妈，笑着说："我觉得这位是你的母亲。"登才大哥的笑意更深了，他说："你猜对了，恩师如母呀！"妈妈更是自豪地说："他是我 50 年前教过的学生，现在是他们单位的大领导！"

登才大哥给我们安顿好食宿，便领着我们去奥运村游览。我妈腿脚不好，大哥就让我们坐电瓶车绕场一周。他陪我们进入"鸟巢"，坐在观众席，与他的老师促膝谈心。然后，大哥还带我们参观了新建的中国科技馆。晚上，他们一家六口款待我们，就连他三岁的小孙子也抢着和我们碰杯。大哥一家热情周到的接待，让我们感受到了如家的温暖与亲切！

师生一见面，有说不完的话题，从老人说到孩子，从过去讲到现在……登才大哥说："我现在能熟练地用拼音打字，能自如地用普通话讲学，都是王老师您教给我的本事！"妈妈说："师傅引进门，修行在自身。还是你自己好学，所以才有今天的成就！"登才大哥说："我小时候胆子小，不敢在人前大声讲话。让我记忆最深的就是小学一年级，第一个学期放假时，王老师逼着我走上讲台，面向全校学生讲话。讲到一半时，有一个字不认识，我还跑下来问了一遍，才跑上去把话讲完。现在回想起来，正是那次一推，才打消了我的顾虑，以至于后来在什么样的场合都敢于讲话。王老师，我会永远记着，是您给了我智慧与胆量，我永远不会忘记！"……听着他们的交谈，我热泪盈眶。半个世纪的师生情，令人感动，让人羡慕！

第二天，登才大哥就要去新疆参加一个学术会议。临走前，他千叮咛万嘱咐，给我们留下地图，设计好行程，好像怕我这个女儿慢待了他的老师。出差途中，他还多次打电话询问情况。就这样，我们在北京痛痛快快地玩了六天。返程的当天晚上，他的夫人又来为我们送行，一程又一程，满满的热忱，切切的情谊。真是不是一家人，不进一家门。

回来后，听妈妈和别人唠嗑，说她登上了天安门城楼，走进了奥运"鸟巢"，去了故宫博物院，逛了颐和园，还在北京海洋馆里大开眼界，仿佛置身于海底世界……幸福与喜悦写满了妈妈的脸庞。听着妈妈近似炫耀地谈论她的学生，谈论这次北京之旅，我陶醉其中。我想，能教出这样的学生，而且这个学生 50 年后还能记着老师，这是一位老师一生的荣耀！

这次去北京，我最大的收获就是从登才大哥身上学到了感恩——滴水之恩，当涌泉相报。在当今社会，怀着一颗感恩的心，就是幸福的人——

登才大哥幸福，因为他感恩他的老师在 50 年前把他推上了人生的讲台。

妈妈幸福，因为她感恩她的学生在 50 年后还深深地惦记着她。

延续了半个世纪的师生情，使我更加深刻地体会到了"感恩的心"！

（王老师的女儿郭树丽撰写并授权刊登）

助　跑

——我从县城上电大　电大助我到京城

（二〇〇五年四月）

2000年1月18日，我拿到了北京市公安局签发的"户口准迁证"。站在繁华的前门大街上，47岁的我禁不住热泪盈眶，思绪万千。几十年的坎坷与奋斗，由小县城到北京城的跨越，以及在人生助跑阶段的"电大岁月"一齐涌上心头。

1953年8月，我出生在山西省北中部一个三面环山的小县城。1966年，我以优异的成绩从小学毕业，却因特殊原因失去了升入初中的权利，13岁便被迫步入社会。此后，我干过澡堂的临时工，拾过破烂，拉过煤炭，淘过大粪，放过牲口，也当过队里的记工员、统计员、会计员。

1982年春天，我在县木材公司做搬运木头的临时工，从一张捡来的报纸上得到了不脱产的电大中文专业要在我县开办的消息。我能行吗？县教育局电大班的班主任赵涵泉老师为了我多方奔走，最终给了我肯定的答复。就这样，我被获准破格参加考试，最终我以较好的成绩考进了电大。

电大聚集了当时最为优秀的人才，其中既有人到中年的"老三届"，也有风华正茂的"小青年"。尽管大家年龄、经历差异很大，文化基础各不相同，但大家都怀揣着强烈的求知欲望，决心通过电大的学习改变自身的命运。当小县城还在沉睡时，同学们已经从四面八方赶到"职工教育中心"；

当全城华灯初上，工作了一天的我们又齐聚一堂。领着孩子来上学，挺着大肚子考试的同学并不少见。定襄电大文科班创造了本县教育史上的奇迹，其事迹感动了山西大学的教授前来上课，省、区电大分别给予了奖励，我们班的事迹被编入《县志》，班主任老师获得了"副教授"职称，本人和另一位同学被评为"山西省电大优秀毕业生"，更多同学成为以后"电大班""函授班"的兼职教师和各个岗位的业务骨干。

3年的电大生活是艰苦而充实的，为我后半生的成长与跨越打下了坚实的基础。首先，通过在电大的系统强化学习，我的专业知识有了质的提高。写作是我从小的"至爱"，但过去由于基础差、底子薄，虽然也写过一些东西，大多只是凭感觉和"经验"。在电大学习期间，在老师的指导下，我对专业知识进行了系统学习，3年读过的书摞起来足足有一人高。这为我日后专业从事文字工作提供了不可缺少的技能。其次，电大精神的感染与熏陶，让我掌握了比较好的思想方法和学习方法。例如，哲学、历史课程等使我获益匪浅，学到的基本方法可以受用终身。3年的电大学习实践，使我对"机遇只给那些有准备的人""世上无难事，只要肯登攀"等浅显的道理有了更加深刻的体会，成为我奋斗成长的强大动力。再次，电大生活让我收获了珍贵的同学情谊。我上学很少，同学也不多，但许多电大同学竟成了我的终生挚友。我们的老班长曾经说过，电大的生命力就在于年龄差异。正是这样一群年龄悬殊的学子互相激励、互相提携，共同铸就了自强不息、顽强拼搏的"电大精神"。随着时间的推移，这份同学情谊和精神越发珍贵。最后，虽然我当初并不是单纯为了"文凭"而学，但电大的文凭最终成为我转调新单位的"通行证"。

我从县城上电大，电大助我到京城。在电大的耕耘与收获，改变了我的人生轨迹。上电大的第二年，我就被地区木材公司的领导选中，以合同工身份从事文秘工作；6年后，我办理了"农转非"，成为地区物资局的正式职工，专业从事刊物编辑；又过了2年，我走进了省城，在省物资厅从事文秘和新闻工作，还担任了厅办公室副主任；1998 年起，我借调到北京，在一家全国性社团组织从事行业调研工作；如今，我是单位研究室主任兼新闻发言人，有幸参与全国同行业的规划、调研、论坛、课题、报告以及新闻方面的工作，并不断取得新的成果。

电大成立以来的 25 年，是我们国家实行改革开放，走向繁荣富强、民主进步的 25 年，也是我在本行业从基层到高层一步步攀登的 25 年。从一个只有小学学历、农村户口的临时工，到实现从县城到京城的跨越，我要感谢党的好政策、社会的好机遇，感谢各级领导和同志们的支持与帮助，更要感谢电大给予我的知识和力量。

（作者于 1982 年就读于山西电大定襄县文科班，1985 年毕业，获省电大优秀毕业生称号）

[此文获"中央电大 25 周年校庆征文"（学生组）一等奖，原载于《腾飞的翅膀：学生卷》，中央广播电视大学出版社 2005 年 4 月第 1 版]

后　记

2024 年 12 月 16 日，中国物流与采购联合会第七次会员代表大会在安徽合肥召开。在这次大会上，我辞去了担任两届、12 年的副会长职务。新一届领导班了授予我和何黎明会长特别贡献奖，对我们 20 多年来所做的工作给予高度评价。

《中国物流与采购联合会授予特别贡献奖的报告》指出：贺登才同志在中国物流与采购联合会工作 20 多年来，先后担任研究室主任、副秘书长、副会长，中国物流学会执行副会长、秘书长，全国现代物流工作部际联席会议联络员、办公室成员、专家委员会主任，"十四五"国家发展规划专家委员会委员等职。他先后参与了国务院三个物流规划及中办、国办相关文件的研究起草工作，主导起草了 100 多项政策建议报告，为推动我国物流学术体系、政策体系的完善以及物流营商环境的改善等做出了突出贡献，并取得了显著成绩。为表彰何黎明、贺登才同志在推动物流行业发展中的突出贡献，建议第七届理事会授予何黎明、贺登才同志"中国物流行业特别贡献奖"。

我来北京工作马上接近 27 个年头，联合会成立也即将迎来 25 周年。作为参与联合会工作的一员，能够获得如此高的评价，我倍感欣慰。这些成绩既源于 20 多年的不懈努力，也离不开前 30 多年的铺垫和积累。我到北京工作以来的点滴成果，已收录在《物流三部曲》中。如果从 1966 年进入澡堂做临时工算起，我的职业生涯已接近一个甲子，《耕耘三部曲》是对前半段工作生活的回顾与总结。两个"三部曲"基本概括了我一生的经历，也可算作留给后人评说的自传体素材。

相较后 20 多年，前 30 多年的文字虽显稚嫩，但也值得回味。在整理资料的过程中，我不由得想起在澡堂、生产队、县木材公司劳动时工友们、农友们的淳朴感情和无私帮助；想起在地区木材公司、地区物资局和省物资厅工作时领导和同志们对我的感染、熏陶和大力支持。这些经历让我受益匪浅。我深知，我的成就离不开家人的支持，特别是我的夫人，50 多年来不离不弃，与我相濡以沫。正是因为有了大家的支持、帮助和陪伴，我才能取得这么高的成就，也才有了两个"三部曲"的问世。

值此成书之际，我要感谢这个伟大的时代，感谢我们所服务的行业，感谢所有给予我支持、帮助和鼓励的人。